RÊVES EN NOIR

À Bidjad, Omar, Majda, Chakib, Tony, Claire, Thomas, Lucille, Mohamed, Léa et Anaïs.

www.actes-sud-junior.fr

Éditeur : François Martin.
Conception graphique : Christelle Grossin et Guillaume Berga.

ISBN 978-2-330-01489-6
Loi 49-956 du 16 juillet 1949 sur les publications destinées à la jeunesse.

JO WITEK

RÊVES EN NOIR

ACTES SUD JUNIOR

LE JOUR

1

OK. TU PEUX LE FAIRE ! Fais-toi confiance, tu es une battante ! se dit Jill, les mains plaquées sur les portes visqueuses du métro.

Il était 8 h 45, son cœur agonisait au sommet du pic de fréquentation. Ça poussait derrière, devant, sur le côté. Ça sentait l'eau de toilette bon marché, la friture rance et les haleines mal rafraîchies. Jill Le Bellec respirait avec les autres, elle était comme eux, une passagère des matins sans vacances. Une fille de seize ans qui fait la gueule en allant au lycée. C'est ce qu'elle désirait le plus au monde. Pas faire la gueule, bien sûr, mais se fondre dans la masse et avancer comme les autres, coiffées, apprêtées avec de jolies boucles d'oreilles et une touche de parfum dans les cheveux. Elle aussi, elle voulait qu'ils se retournent, les garçons. Qu'ils la regardent avec désir et la sifflent fort, très fort, le plus fort possible. C'était si bon de les entendre draguer les filles dans la rue !

Le métro stoppa dans un long gémissement. La poussée de la masse humaine exécuta un va-et-vient d'avant vers l'arrière. Sous le poids des autres, le visage plaqué à la paroi, Jill sentit son propre souffle noyer la vitre d'une buée de panique. Était-elle vraiment capable de le faire ? N'avait-elle pas sous-estimé les risques ? Elle repensa à son père, à ses cris d'encouragement derrière elle depuis l'enfance : "Allez, ma fille, allez ma princesse, tu peux tout faire comme les autres et encore mieux que les autres !" Un père présent, aimant. Étouffant ? Ses idées s'entrechoquaient en ce moment, elle ne savait plus trop vers où se diriger, mais une seule chose comptait à ses yeux : franchir toutes les barrières que le monde érigeait sur son chemin. Alors, exactement comme elle l'avait fait à huit ans avant de s'engager sur une piste de ski dans le noir total, elle prit une longue inspiration et les portes s'ouvrirent mécaniquement. Il y eut un dixième de seconde d'apnée et d'immobilité avant que la houle humaine se déverse sur le quai, emportant Jill sur son passage. Elle commença alors à dérouler mentalement le petit scénario qu'elle avait concocté.

OK, je suis à présent dans le flot des voyageurs, je dois juste résister à la pression sur ma droite et effectuer une percée perpendiculaire pour m'éloigner du quai. Quatre pas, droit devant moi et un léger quart de tour vers ma gauche. C'est bon, c'est gagné !

Et elle se laissa cette fois happer par la foule qui déferlait vers la sortie et les couloirs de correspondances. Elle sentait cette masse humaine omniprésente, l'emportant à une vitesse qui lui était étrangère. Ils marchaient vite, trop vite pour elle. S'était-elle rapprochée dangereusement du quai ?

Est-ce que j'ai viré à gauche? Est-ce que j'ai dévié? Pourquoi marchent-ils tous si vite?

Jill se guidait au bruit des pas, mais la musique lointaine de l'accordéoniste perturbait ses repères sonores. Elle se sentit gagnée par la panique. Peur de tomber. Peur de se faire remarquer. Peur de susciter la pitié et de passer pour une infirme. Elle avait mal au ventre, envie de vomir et les ordres du capitaine Jill, véritable dictatrice au cœur de glace, lui martelaient le crâne.

Ne baisse pas la tête, Jill, bon sang! Marche normalement, le menton parallèle au sol, et souris, mais pas trop sinon t'auras l'air d'une débile!

Il y avait du monde. Beaucoup trop de monde ce matin, devant, derrière, sur le côté. Plus que d'habitude.

C'est quoi cette musique? se dit-elle, tentant de se rattacher aux bruits de pas à ses côtés. *Normalement le jeudi, il n'est jamais là, l'accordéoniste. Je n'entends plus rien! Je n'y vois plus rien!*

Le temps d'une inspiration, elle se sentit isolée, seule au monde, loin des autres : elle allait tomber. Elle entendit le métro s'engouffrer à toute vitesse derrière elle. Juste derrière elle… N'était-elle encore qu'à quatre pas de la bordure du quai?

Elle stoppa net et se fit bousculer par l'arrière. Son corps fut projeté vers un territoire inconnu. Elle eut le réflexe d'ouvrir les bras comme pour une prière. Elle ne voulait pas mourir, pas maintenant, pas si jeune et de façon si stupide. Sa main atterrit sur une barre métallique poisseuse et glaciale.

Sauvée, se dit-elle en respirant de nouveau.

Amarrée à la rampe de l'escalier, Jill demeura un instant immobile, laissant les gens la bousculer sans ménagement. Toute cette agitation lui faisait l'effet d'un vent d'hiver sauvage balayant sans précaution sa jupe, ses cheveux, ses mains. C'était délicieux, grisant, exaltant de se sentir vivante au milieu d'une foule d'inconnus. Elle était comme eux ce matin. Au milieu d'eux. Une simple voyageuse.

Je voudrais arrêter le temps et rester toute ma vie accrochée à cette rampe. Je ne suis rien dans cet escalier, rien d'autre qu'une fille qui monte un escalier. Peut-être même qu'un garçon qui descend va se dire : tiens, elle est jolie la fille de l'escalier, et qu'il va rêver de moi ce soir.

Jill desserra sa prise et laissa glisser sa main sur le haut de la rampe. Elle grimpa lentement les marches, poussée par l'empressement des autres. Elle déboucha sur un couloir venteux qu'elle reconnut immédiatement : le carrefour des correspondances.

OK. Je sens le courant d'air sur ma joue droite : c'est la sortie. Il ne me reste plus qu'à atteindre le mur humide et froid, le longer et ensuite traverser le couloir pour…

Elle n'eut pas le temps d'aller au bout de sa pensée. Elle percuta un homme de plein fouet avant de voltiger par-dessus sa valise et de s'écrouler sur le sol. De s'écraser comme une bouse, c'est ce qu'elle pensa tout de suite, sans affect.

Une bouse. Même pas capable de faire 100 mètres comme les autres !

Elle reprit très vite ses esprits et ressentit une vive douleur au tibia. Un liquide chaud et visqueux souillait ses mains ; elle saignait, la chute avait sans doute troué son collant.

Je suis ridicule. Pitoyable et ridicule ! pensa-t-elle encore, tête baissée devant cette cheftaine en elle qui ne lui pardonnait rien. Il y avait Jill, la jeune lycéenne brillante et chaleureuse, puis cette autre Jill, blessante, autoritaire, cassante et intraitable avec elle-même.

Les gens s'amassaient autour de cette jeune fille à terre et du voyageur à ses côtés qui se confondait en excuses, tentant d'expliquer aux curieux ce qui s'était passé. L'adolescente avait foncé droit sur lui, avant de voler au-dessus de sa valise, il n'avait rien pu faire et n'y comprenait rien. Avait-elle eu une absence ? À cette distance, bon sang, il était impossible qu'elle ne l'ait pas vu !

— Excusez-moi, mademoiselle, je suis désolé, lui dit l'homme en écartant sa valise à roulettes du passage, afin d'éviter tout autre incident.

Une valise à roulettes qu'elle n'avait pas entendue glisser sur le sol, à cause de l'accordéoniste et de *La Vie en rose* de Piaf qu'il continuait de massacrer à l'autre bout du couloir.

— Foutu accordéoniste ! pesta-t-elle en se frottant le tibia.

— Pardon ?

— Non rien, murmura Jill, la tête enfouie dans les bras comme une enfant boudeuse.

— Ça va ? s'enquit gentiment l'homme à la valise. Vous avez l'air choquée. Vous avez foncé sur moi, je n'ai pas compris… Vous êtes blessée, vous saignez… Qu'est-ce que je peux faire pour vous aider ?

Jill savait qu'elle avait échoué. C'était *game over* : elle était blessée et avait perdu tous ses repères. Elle savait que sans sa canne, il lui serait désormais impossible de regagner la sortie. Elle n'avait même pas envie de pleurer. Elle était juste en colère. Contre elle, contre son handicap, contre son avenir que certains voulaient tracer à sa place de peur qu'elle ne se perde. Elle voulait tant s'en sortir seule, mais une fois de plus elle n'eut pas d'autre choix que de réclamer de l'aide.

— Vous voyez mon sac à main ? demanda-t-elle à l'homme qu'elle avait heurté.

L'individu fut soulagé de cette requête. Il commençait à se sentir franchement démuni, face à cette adolescente étrange qui refusait sa main tendue.

— Celui-là ? interrogea-t-il, ramassant le sac à ses pieds.

— Ouvrez-le et donnez-moi la pochette bleue qui est à l'intérieur, s'il vous plaît.

L'homme s'exécuta et lui tendit avec dynamisme la petite trousse en toile. Et, persuadé qu'il s'agissait d'un nécessaire de secours, il ajouta :

— J'ai mon brevet de secourisme ! Si vous le souhaitez, mademoiselle, nous pouvons aller dans un café et je vous soignerai.

— J'ai peur qu'un brevet de secourisme ne soit pas suffisant pour me soigner ! lui répondit Jill, tout en dépliant froidement sous son nez la canne blanche qu'elle venait d'extraire de sa trousse de rangement.

S'ensuivit un silence de circonstance. Elle devinait le visage consterné du voyageur, sa gêne soudaine et ça lui faisait du bien d'ajouter à son malaise. Elle se vengeait. Elle avait la haine. La haine contre elle, contre son échec et encore plus contre ce monde de voyants qui manquait tant de naturel dès qu'elle dépliait cette fichue canne blanche, sa canne d'aveugle comme ils l'appelaient. Son avertisseur de handicap.

— Pardon… je n'avais pas vu… balbutia l'homme, étouffé par sa gêne.

— Moi non plus ! lui répondit-elle sèchement, avant de lui tendre sa main pour qu'il l'aide enfin à se relever.

De nouveau à la verticale, elle réajusta son sac sur son épaule très dignement, s'enquit du sens de la sortie, refusa qu'on la guide, effectua un demi-tour et se mit à balayer l'espace devant elle avec sa canne qui lui permettait de se diriger, de se protéger et d'informer les autres de son foutu problème. Elle tourna le dos à sa ridicule tentative de marcher sans elle. Désormais elle avançait dans le métro en toute sécurité ; les autres savaient. Désormais, elle n'était plus une simple lycéenne en jupe, bottes à talons et jolies boucles d'oreilles ; elle était une aveugle. Une pauvre aveugle et rien d'autre aux yeux des gens. Comme elle les détestait parfois, ces yeux des gens !

2

EN DÉBOUCHANT DE LA STATION DE MÉTRO, Jill eut à peine le temps d'avaler une grande bouffée d'air frais que son amie Ada lui fondit littéralement dessus.

— Qu'est-ce que tu as foutu ? On dirait que tu t'es battue avec un pitbull. Tu boites ? Jill ! Tu peux me répondre quand je te parle ?

— Laisse tomber, Ada, je ne suis pas d'humeur. Il est quelle heure ?

Ada sortit son téléphone portable de la poche de son jean et colla son nez dessus avant de répondre à son amie.

— C'est l'heure ! Ça fait dix minutes que je poireaute dans le froid à t'attendre. T'es chiante, je déteste avoir le nez rouge.

— Il paraît que les belles Noires n'ont jamais le nez rouge, même par moins dix !

— Si, les clowns noirs…

Jill ne put s'empêcher d'éclater de rire, tout en enfouissant son visage dans ses mains. Elle faisait ça chaque fois qu'elle riait, sans doute par peur que sa joie ne l'enlaidisse ou ne la rende ridicule.

— Bon, tu racontes… c'est quoi ton *bad trip* du matin ? s'impatienta son amie, tout en se lovant contre son épaule comme un chat en quête d'affection.

Jill adorait quand elle faisait ça. Jill adorait Ada qui avait la pêche en toutes saisons et quel que soit le menu de la cantine. Elle était ce genre de fille sportive, dotée d'un moral d'acier et toujours prête à plaisanter. C'est ce que Jill aimait chez elle, cette puissance de vie inaltérable, une sorte de force lumineuse qui l'irradiait dès qu'elle se trouvait à ses côtés. Ada lui faisait du bien, surtout les jours de doute. Contrairement à elle, elle voyait encore un peu, un tout petit peu. Alors, elle l'attendait tous les matins devant la bouche de métro et lui offrait son bras pour papoter jusqu'à l'Institut, la canne dans le sac. La vision tubulaire d'Ada lui laissait deviner la vie comme lorsqu'on regarde derrière le trou d'une serrure ou dans une longue-vue. Il suffit de porter ses poings fermés devant les yeux et de les desserrer légèrement jusqu'à l'obtention de deux pastilles de lumière, pour éprouver un peu son champ de vision. Pour la plupart des gens qui tentent l'expérience, cette vue étriquée derrière des trous de souris est insupportable. Mais pour elle, tout comme pour Jill ou tous les élèves de l'Institut, c'est déjà une chance que de voir un peu. La moindre pépite d'acuité visuelle est un luxe dans le monde des malvoyants, un trésor auquel chacun se raccroche le plus longtemps possible.

Ada savait qu'un jour ou l'autre elle serait comme Jill, dans le marron, le gris, le grège. Même le monde de la nuit n'était pas uniforme, elle l'avait appris en rentrant à l'institut spécialisé. Être aveugle, ce n'était pas voir en noir, ce n'était pas un état non plus, simplement une fichue déficience visuelle qui vous privait pour toujours de la perception des couleurs, des contrastes, de la lumière. Il fallait faire avec, et il existait autant de cécités que d'individus. Pour certains, cela arrivait à la naissance, pour d'autres la vue baissait progressivement ; pour la majorité c'était irrémédiable et définitif. Les images disparaissaient derrière des toiles opaques comme de lointains souvenirs d'enfance. C'est ce qui était arrivé à Jill et c'est ce qu'Ada refusait ; elle voulait mémoriser les images de la vie dans leurs moindres détails, ne rien perdre, ne rien oublier. Alors, elle photographiait tout et n'importe quoi avec son téléphone.

"Des photos de mirauds", comme lui disait son frère. Des clichés de mauvaise qualité, flous, coupés, mal cadrés, peu lui importait. Ada souhaitait enfermer toutes ces images dans son disque dur, à sa façon. Prendre des photos, c'était arrêter le temps et rappeler à sa mémoire qu'il fallait tout emmagasiner pour plus tard, pour la suite, pour demain quand il ferait nuit et que plus jamais rien ne brillerait. Jill l'y encourageait, car elle savait combien lui servaient encore toutes ces images du temps où elle voyait. Cela faisait neuf ans qu'elle avait perdu la vue et pourtant, elle se souvenait encore des couleurs de l'été, du bleu de la mer, de la beauté d'un lever de soleil, d'un ciel étoilé, de la tour Eiffel illuminée, mais aussi de ce que signifiait concrètement un carrefour, des embouteillages, une cathédrale ou une table bien mise. Elle avait gardé intacte cette richesse visuelle de son enfance, pour réinventer chaque jour cette vie que ses yeux ne distinguaient plus. C'était plus facile quand on avait vu, plus dur à accepter peut-être, mais plus facile pour se représenter le monde des voyants.

— Laisse-moi photographier ta blessure ! lança Ada en pointant son téléphone vers le tibia de Jill.

— T'es lourde avec tes photo-reportages ! Ça saigne encore beaucoup ?

— Pas mal. T'es bonne pour l'infirmerie, ça te fera sauter une demi-heure de cours. C'est trop beau ce rouge sang sur ton collant beige !

— Sans déconner, mon collant est beige ? s'indigna Jill avec un air de dégoût.

— Oui et ta jupe est en jean, ça le fait, t'inquiète ! Enfin, maintenant, ça le fait plus trop à cause du trou au milieu. Envoie un SMS à Nine, elle va te descendre un collant de sa chambre.

Jill ruminait. Ce n'était décidément pas sa journée. Sa petite sœur avait encore fouillé dans son armoire et mélangé ses vêtements qu'elle mettait un temps fou le week-end à classer par couleur et par catégorie.

— Je vais la tuer ! Je déteste qu'elle mette le bazar...

— Bon, tu me racontes ton aventure avant qu'on rentre ? l'interrompit Ada, à quelques pas de l'Institut. Les murs ont des méga-oreilles là-dedans, poursuivit-elle, et mon "sixième sens" de bigleuse me dit que tu n'as pas du tout envie que tout le monde soit au courant de ton épopée matinale...

Jill lui offrit un sourire en coin qui dessina une jolie petite fossette en haut de ses joues. Un sourire qu'Ada ne vit pas, mais perçut quelques secondes plus tard dans le ton vif et espiègle de la voix de son amie :

— Bon, c'est vrai, j'ai déconné, admit Jill.

— Tu m'étonnes. Tu verrais ta dégaine !

— J'avais fait le pari de réussir à marcher du métro à l'Institut sans ma canne…

— T'es malade ? Tu aurais pu tomber sur les rails, te faire broyer…

— Ça va, je sais ! Tu ne vas pas me raconter toutes les histoires sordides d'aveugles écrabouillés par des tramways, des métros, des camions, ou pourquoi pas des bisons dans l'Arizona parce qu'ils n'avaient pas leur foutue canne avec eux.

— Tu crains, franchement.

— J'en ai marre de cette canne et puis je le connais par cœur, ce trajet. Ça fait presque un an que je le fais seule le matin…

— Avec ta canne !

— Ça va, Ada, toi aussi tu sors parfois sans, pour faire la belle. C'est pas avec tes deux minuscules trous de vision que tu peux éviter les trucs au sol. Toi non plus tu ne l'aurais pas vue cette valise…

— Sans rire, t'as foncé dans une valise ?

— Non, dans un mec et après j'ai voltigé au-dessus de sa valise.

Ada s'arrêta net, Jill la suivit ; elles tournèrent leur visage l'une vers l'autre avant d'éclater de rire.

— Tu es une grande malade ! conclut son amie. Et d'ajouter : Il était beau gosse ?

— Même pas ! C'était un vieux d'au moins cinquante ans. Une voix cassée, une odeur de tabac mélangée à un parfum poivré, genre celui que porte M. Blaise.

— Oh !!! Dégueu.

— En plus, il voulait m'emmener au café… C'était un pervers si ça se trouve…

Tout en continuant leur conversation, les filles sonnèrent à l'accueil avant de franchir la porte de l'Institut national des jeunes aveugles en gloussant. La semaine avait mal commencé pour Jill, mais Ada avait le don d'apaiser ses états d'âme douloureux. Elle était une chère amie, une tendre amie, de celles qui savent tout accepter de vous, même les pires folies.

3

JILL AVAIT TREIZE ANS quand elle était entrée pour la première fois à l'Institut national des jeunes aveugles avec ses parents. C'est d'abord l'odeur du hall d'honneur qui lui avait permis d'identifier le lieu : des essences de boiseries cirées, de vieilles tapisseries et de médicaments ou, plus précisément, de tisanes ou d'herbes médicinales. Une première impression d'un bâtiment ancien et assez monumental, qui lui fut confirmée quelques semaines plus tard, lors de la visite guidée et organisée pour les familles des nouveaux élèves.

— Bienvenue à l'INJA ! avait lancé avec dynamisme le professeur en charge de l'accueil avant d'emporter le petit groupe dans un périple de plus d'une heure.

De cette visite pédagogique un peu barbante, Jill n'avait retenu que quelques points principaux. Premièrement, logé dans un vieux bâtiment datant de 1844, l'institut spécialisé avait été créé par Valentin Haüy, un type généreux qui avait compris que les aveugles n'étaient pas des débiles et qu'eux aussi avaient le droit d'étudier normalement dans une vraie école. Deuxièmement, Louis Braille en personne avait fait ses classes et enseigné dans cette bâtisse, alors nommée Institut royal des jeunes aveugles, et c'était là qu'il avait eu l'idée de génie de son système de lecture et d'écriture tactile.

— Louis n'avait que quinze ans quand il eut l'idée de la combinaison des six points tactiles de l'alphabet braille, précisa le professeur. Cet adolescent a permis aux malvoyants du monde entier d'avoir accès à la connaissance des lettres, des arts et des sciences…

Jill en savait quelque chose, elle qui avait appris à lire, à écrire, à compter et à déchiffrer la musique grâce au système braille. Aussi, en passant devant le buste du génie, elle ne put retenir un frisson, une envie de se recueillir quelques instants devant ce jeune visage de marbre.

Heureusement que les types comme toi existent, Louis Braille! avait-elle pensé, s'adressant mentalement à lui comme on papote avec un ancêtre disparu. *Ça ne m'étonne pas que tu sois mort d'une pneumonie ici, avec ces couloirs qui n'en finissent pas. Cette école a vraiment quelque chose de Poudlard. Poudlard? Harry Potter? Ça ne te dit rien : normal t'es du XIX*[e] *siècle. Ça t'aurait plu. C'est une histoire d'un magicien qui se déroule sur sept volumes en écriture noire et sur cinquante en braille! Franchement, il est bien ton système, mais pas super-économique niveau papier. Quoique, à ton époque, vous n'aviez pas de problème de déforestation ni de pollution. Je vais te dire un truc, Louis Braille : moi aussi un jour je ferai quelque chose que les aveugles n'ont jamais fait. Ça ne sera peut-être pas aussi grandiose que toi, mais ça sera unique. Je te le promets !*

Sur ce, son père était venu la chercher pour poursuivre la visite avec les autres. Aux premier, deuxième et troisième étages, l'Institut accueillait l'école élémentaire, le collège, le lycée, la formation professionnelle d'accordeur-facteur de piano et un internat. C'était une enfilade de salles de musique avec des pianos droits ou des demi-queues, de classes sans tableaux, de pièces équipées comme des cuisines ou des petits studios, d'autres avec différents modèles de cannes et de plans ou de maquettes en relief. Au sous-sol se trouvaient les salles de sciences, et on passait carrément dans un décor de film d'horreur avec des murs voûtés, des dizaines de crânes humains et quantité d'animaux empaillés : tortue géante, têtes de cerf et de sanglier, iguane, hérisson et même un crocodile. Cette galerie de taxidermie, assez repoussante pour les voyants, permettait aux aveugles de naissance d'observer les animaux par le toucher. Un décor de films de série B qui tranchait avec la magnificence de la salle de concert du premier étage classée monument historique, avec son vieux parquet, ses fresques murales, dorures et chaises de velours rouge. De chaque côté du bâtiment en forme de H, se trouvaient de façon symétrique les cours de récréation, les gymnases, les foyers. Partie droite, le collège ; partie gauche le lycée.

— La plupart des élèves ne sont pas parisiens, c'est pourquoi toute la semaine nous accueillons les jeunes à l'internat, poursuivit le professeur de lettres que le petit groupe de visiteurs avait de plus en plus de mal à suivre dans les méandres de l'établissement. Ils sont pris en charge par des éducateurs et surveillants, mais le week-end, tout le monde rentre chez soi… Même les élèves majeurs qui ont la chance d'habiter au "bateau".

— Ils habitent vraiment dans un bateau ? avait osé demander Isadora, la sœur de Jill, absolument fascinée par ce décor de film fantastique.

— Pas vraiment, avait expliqué le professeur. C'est juste que les chambres du "bateau" se font face et longent un couloir très étroit, qui rappelle l'organisation des cabines de navire.

— Quelle est la différence entre le "bateau" et les autres chambres ? avait interrogé un parent d'élève intrigué.

— Au "bateau", les élèves sont en chambre individuelle dont ils ont la clé. Ils font leur ménage et organisent leur vie dans cet espace. Ce sont des élèves majeurs, cela les prépare à leur future autonomie de jeunes adultes.

Jill visita les chambres du "bateau", en rêvant elle aussi à sa vie d'adulte. Elle voulait aller loin et visait l'autonomie, persuadée que son handicap ne la gênerait jamais quoi qu'elle décide de vivre. Cette école lui avait tout de suite plu. Contrairement au collège qu'elle avait fréquenté jusqu'alors, ici les gens lui adressaient plus naturellement la parole.

— Bonjour, t'es nouvelle ?

— Salut, bienvenue à l'INJA !

— Bonne visite ! Tu verras, on finit par s'y retrouver.

Ça faisait un bien fou ! Elle se sentait mieux quand on lui parlait. Elle voyait mieux quand on lui parlait ;

elle existait quand on lui parlait. Depuis l'école primaire, Jill n'avait fréquenté que des établissements de quartier où elle était la seule aveugle. Son intelligence, sa vivacité, son courage lui avaient permis de s'intégrer, mais ça ne l'empêchait pas de se sentir très souvent isolée. Ses amis faisaient leur possible pour la mettre à l'aise, mais la plupart du temps, ils oubliaient de traduire leurs sourires et leurs gestes en mots. Et sans les mots, Jill n'y voyait rien. Elle se sentit immédiatement chez elle dans ces immenses bâtiments où régnait un silence absolument surréaliste pour un établissement scolaire. Ici, pas de brouhaha constant, mais une qualité d'écoute qui permettait aux oreilles de "voir" tout ce que les yeux ne percevaient plus. Ce n'était décidément pas un endroit comme les autres, même si on y étudiait les mêmes programmes.

Cette odeur d'herbes médicinales le lui rappelait chaque fois qu'elle pénétrait dans le hall d'honneur. Ça sentait la médecine, l'hôpital, les centres de convalescence et cela n'avait rien à voir avec l'infirmerie du premier, ni le cabinet des psychologues du rez-de-chaussée, encore moins avec la salle de psychomotricité. L'odeur venait d'ailleurs et Jill le comprit dès les premiers mois à l'Institut quand elle fit la connaissance de la plupart des élèves de l'école. Certains étaient non voyants, d'autres malvoyants ou amblyopes*, certains étaient bons élèves, d'autres très en retard sur leur cursus scolaire à cause de leur maladie. Il n'existait pas un profil type d'élèves

* L'amblyopie oculaire se caractérise par une réduction de l'acuité visuelle, qui ne se corrige pas avec des verres optiques.

à l'INJA, mais tous détenaient un point commun : ils avaient un passé douloureux. Tumeur au cerveau, maladie génétique, infection rétinienne, albinisme... Derrière chaque handicap se cachaient une histoire individuelle et familiale, un traumatisme, des pleurs, des cris, des séparations, des opérations. Quand on rentrait à l'Institut national des jeunes aveugles, on avait déjà un lourd passé quel que soit son âge. Un passé d'un mois, d'un an, de dizaines d'années. Un passé qui sentait l'hôpital, la peur, un passé au goût de médicament. C'est comme ça que Jill s'expliquait l'odeur de plantes médicinales, comme une réminiscence des souffrances de l'enfance.

— Alors, ma puce, qu'est-ce que tu en dis ? lui avait demandé son père, au sortir de la visite d'accueil.

Sans même attendre sa réponse, il avait enchaîné :

— Dans un tel établissement, je suis certain que tu vas décrocher un bac scientifique avec mention !

Son père était comme ça : un entraîneur. C'était son vrai métier d'ailleurs, il était coach de handball et, depuis que Jill ne voyait plus, il n'avait cessé de la faire travailler pour qu'elle puisse compenser ses manques par des techniques spécifiques. Cours de braille, de motricité, de locomotion, cours de ski, de musique, de natation, soutien de maths, lecture intensive : Dominique Le Bellec refusait que sa fille soit diminuée par son handicap, alors il mettait la barre très haut et, chaque fois que Jill franchissait une nouvelle étape, il en préparait une nouvelle. Un super-papa entraîneur qu'elle adorait et auquel elle devait sans aucun doute sa brillante réussite scolaire et son excellente autonomie de déplacement.

Sa mère, Anne, se montrait plus distante, moins impliquée dans la vie de famille. Au début, Jill lui en avait voulu, pensant qu'elle se moquait de son handicap et préférait mener sa brillante carrière de comédienne de théâtre que de perdre son temps à lui commenter les dessins animés. Ses copines avaient beau lui dire qu'Anne était belle, qu'elle était en photos partout sur les colonnes Morris, qu'elle était connue, aimée, que c'était super d'avoir une maman actrice qui passait parfois à la télé, Jill s'en moquait. Elle se sentait triste et délaissée. Alors, un jour de dispute, elle lui avait reproché son égoïsme et son désintérêt pour son handicap.

Jill avait alors onze ans et reçut pour réponse la première et unique claque de sa vie. Une violente brûlure sur la joue. Et puis, la colère passée, sa mère lui avait expliqué.

— Je vais te raconter une histoire, lui avait-elle dit, cette histoire est la tienne, la mienne, celle de ton père. C'est d'abord une histoire d'amour entre un homme et une femme qui avaient mis au monde une merveilleuse petite fille. Tous les trois vivaient heureux et puis un jour quand la petite fille eut quatre ans, elle a commencé à avoir des nausées, des vertiges, à vomir. Ses parents inquiets l'ont emmenée chez le médecin qui, après une série de tests, leur a annoncé que leur petite princesse était atteinte d'une tumeur au cerveau. L'opération était délicate, d'autant que la tumeur appuyait dangereusement sur le nerf optique. Ce fut un choc, un traumatisme. S'ensuivit non pas une, mais neuf opérations et trois années d'enfer, de nuits d'angoisse et de souffrance, de salles d'attente, de rendez-vous avec tous les spécialistes de la Terre pour finalement entendre l'ultime verdict sans appel du spécialiste : "La tumeur bénigne hypophysaire de votre enfant a compressé son chiasma optique. Toutes les opérations que nous avons tentées ont échoué : Jill ne recouvrera jamais la vue."

Sa mère avait marqué une courte pause dans son récit avant de poursuivre sur un ton affectueux :

— Tu connais ce début de l'histoire, ma chérie, car malheureusement tu en fus l'héroïne, mais… il y a des choses que nous t'avons cachées, ton père et moi, pour te protéger.

C'est ce jour-là que Jill apprit que ses parents avaient failli se séparer à la suite du diagnostic final. Tous leurs espoirs s'étaient soudainement évanouis et leur avenir avait volé en éclats. Ils ne cessaient de se disputer, l'un reprochant à l'autre la cécité de Jill, comme si quelqu'un y était pour quelque chose. Anne avait mis un terme à sa carrière théâtrale pour tenter de faire face au handicap de son enfant et Dominique critiquait en permanence tout ce qu'elle entreprenait.

— Nous ne vivions que pour toi, Jill, lui avait expliqué sa mère, nous te cachions la vérité sur ton état, pour te protéger. C'était si injuste, nous t'aimions tant : comment dire à son enfant qu'il ne verra plus jamais ? En réalité, nous étions en train de nous perdre nous aussi dans une tout autre obscurité…

Les mois passèrent ainsi dans le mensonge et la colère et puis, un soir de dispute, la petite Jill s'était interposée entre ses parents et elle avait prononcé une phrase qui avait changé le cours des choses : “Je n’y vois rien. Mais je vous regarde. Vous n’êtes pas beaux quand vous vous criez dessus !”

À partir de cet instant, Anne et Dominique avaient cessé de se disputer. Ils comprirent que leur fille réclamait des parents “normaux”, et que Jill ne leur demandait pas de changer leur vie pour elle, mais au contraire de l’intégrer dans leur vie normale. Alors, Anne reprit le chemin des salles de répétitions et des grandes scènes parisiennes et Dominique s’engagea à fond dans son rôle de papa entraîneur sportif. Le couple se retrouva et donna naissance un an plus tard à sa petite sœur, Isadora.

Depuis ce jour, Jill avait accepté les absences et une certaine distance de sa mère. C’était bien comme ça, elle l’aimait ainsi et puis son père était présent pour deux ! Lors des soirées au théâtre de sa femme, des tournées ou des tournages, il s’occupait de ses deux filles avec une énergie débordante. Anne se couchait tard, Dominique se levait tôt, ils se croisaient souvent et entre eux, Jill tentait de trouver ses propres repères. C’est ainsi qu’elle avait intégré l’INJA en classe de quatrième avec un mental de championne, baignant dans une vie de famille plutôt équilibrée. Elle voulait réussir ses études, obtenir son bac avec mention, être capable de se déplacer seule n’importe où dans le monde, même en plein désert, et pourquoi pas décrocher une médaille de natation en handisport avant de rentrer à Science Po ou à Normale Sup. Elle avait de grands rêves et pensait que son handicap n’altérerait jamais sa soif de réussite.

Deux ans plus tard, Jill était devenue une jeune fille et son point de vue avait légèrement vrillé. Sa vie n'était pas si simple et, même si son papa lui avait toujours laissé entendre qu'il suffisait d'avoir un bon mental pour décrocher des montagnes, Jill avait compris que ce n'était pas vrai. Tout n'était pas possible dans le meilleur des mondes, simplement parce que le meilleur des mondes n'existait pas, en tout cas pas pour les aveugles.

4

MME BRUNO REGARDAIT JILL AVEC INQUIÉTUDE. Jamais elle ne l'avait vue aussi taciturne. Depuis son entrée en seconde, elle ne la reconnaissait plus. La jeune fille avait perdu son entrain et passait son temps à râler. Elle continuait à être une excellente élève, mais sans le panache que Mme Bruno lui avait connu. Le plaisir des études semblait l'avoir quittée au profit d'une inquiétude constante et d'une insatisfaction permanente. Parfois, elle se remettait à se balancer sur elle-même ; un comportement psychomoteur très courant chez les non-voyants, qu'on appelait le blindisme et qu'on apprenait aussi à maîtriser à l'Institut.

— Qu'est-ce qu'on fait aujourd'hui, madame ?

— Arrête de te balancer pour commencer ! Qu'est-ce que tu voudrais faire, Jill ?

— Je n'en sais rien.

— Comment t'es-tu fait cette blessure à la jambe ? Ça a l'air sérieux.

— Ça va, l'infirmière m'a soignée. Je suis tombée dans le métro.

— De quelle façon ?
— J'ai raté une marche.
— Laquelle ?
— C'est important ?
— Oui, répondit Mme Bruno, avec calme.

L'instructrice avait l'habitude de l'irritabilité de certains ados, surtout en Atelier de vie journalière, où ils se confrontaient aux difficultés du quotidien.

Découper une cuisse de poulet dans son assiette sans en renverser l'accompagnement, se préparer une tasse de thé sans se brûler, se coiffer, mettre la table ; autant de gestes simples et naturels chez les voyants qui pour eux deviennent une véritable épreuve. Il faut tout apprendre ou réapprendre, se représenter mentalement l'espace, mémoriser les bons gestes encore et encore pour libérer un peu de place disponible dans le cerveau. Les non-voyants passent leur temps à compter, à écouter, à imaginer, créer des espaces en 3D : une attention constante qui ne peut se relâcher qu'au prix d'une parfaite maîtrise des gestes et des mouvements. Cela demande du temps, de la pugnacité et parfois, les ados en ont assez, épuisés de leurs journées à rallonge. C'est pourquoi Mme Bruno savait à ces moments-là relâcher la bride et favoriser le dialogue.

— Je me suis tordu la cheville… et je suis tombée, en haut de l'escalier. Je me suis écrasée comme une bouse, mentit Jill avec affront.

— Jill, ne parle pas de toi de la sorte, c'est inutile. Il faut que tu arrêtes de noircir l'image négative que tu as de toi.

— Je ne peux pas la noircir davantage, madame.

— L'insolence ne mène nulle part, tu sais… Et tu es trop exigeante envers toi-même. Veux-tu que je regarde si je trouve un collant de rechange ?

— Non, merci, je ne supporte pas le nylon sur ma peau. Nine va me descendre un leggings de coton à la récré.

Jill aimait bien Mme Bruno. Cela faisait deux ans qu'elle l'avait comme instructrice. Elle lui avait appris quantité de trucs utiles et puis, avec elle, il était plus facile d'admettre qu'on avait la trouille de se couper le doigt quand on tranchait le pain avec le gros couteau à dents, ou qu'on flippait de s'ébouillanter les jambes en se servant un thé brûlant. Pourtant, ce jour-là, Jill n'avait vraiment envie de rien. Ni de s'entraîner à mettre la table, encore moins de faire une machine à laver ou de préparer un gâteau.

— Je t'ai vue dans le métro, Jill, finit par avouer Mme Bruno sur un ton désolé. Je t'ai vue sortir ta canne et te relever, après ta chute. C'était quoi ton idée de génie ?

— Me trouver jolie et normale dans le regard des autres, avoua Jill après un temps de gêne.

— T'as besoin de mettre ta vie en danger pour ça ?

— Il ne faut pas exagérer…

— Ta canne n'est pas ton ennemi, mais ta liberté. Tu te trompes de problème, Jill. Si tu continues à te mettre en danger, je serai contrainte d'en parler à Marianne, ton professeur de locomotion.

Jill savait parfaitement ce que cela signifiait : elle risquait de perdre la “carte blanche”, qui validait au sein de l'Institut sa capacité à se déplacer partout dans Paris sans mettre sa vie en danger. Une autorisation de sortie qui lui permettait d'aller faire du shopping à Montparnasse avec Ada pendant les permissions ou après le déjeuner. Un pass que peu d'élèves réussissaient à obtenir lors de leur scolarité, la plupart d'entre eux devant se contenter d'un tour de quartier, suivant un créneau horaire très limité. Se diriger dans Paris quand on ne voyait rien était tout sauf une balade agréable. Cela exigeait une concentration sans faille. Il fallait être capable de reconnaître les bruits de la circulation, d'identifier un carrefour avec ou sans feux, de se représenter mentalement un trajet pour savoir le refaire dans l'autre sens. Il fallait voir avec ses oreilles, développer son sens des masses pour "sentir" l'obstacle et détourner sa route avant de percuter une boîte aux lettres, une moto mal garée ou encore une porte ouverte. Jill avait pas à pas, à force d'endurance, d'entraînement et d'une volonté de fer, appris à éviter les pièges, à gérer les imprévus, à demander sa route, à se faire aider pour traverser un carrefour dangereux ou au contraire à refuser l'aide des passants insistants quand elle n'avait pas besoin d'eux. C'était tout cela que représentait sa carte blanche, et sa petite aventure matinale risquait de la priver de cette liberté chèrement acquise. Jill avait exagéré, mais elle s'en moquait. Tout lui était égal en ce moment et ce détachement commençait à lui foutre la trouille. Cela ne lui ressemblait pas et d'ailleurs, depuis plusieurs mois, elle ne savait plus trop qui elle était. Était-elle encore cette jeune fille studieuse qui passait son week-end à étudier et ses samedis matin à faire du sport avec son père ? Avait-elle conservé son sourire d'enfant ? Celui d'une petite fille de sept ans avec deux nattes et deux fossettes ? Le dernier souvenir de son reflet dans le miroir.

— Et si on commençait le maquillage ? proposa Mme Bruno comme si elle lisait dans les pensées perturbées de sa jeune élève.

— Mon père dit que je suis trop jeune pour me peinturlurer le visage, répondit Jill dans un sourire espiègle.

— Libre à lui de te l'interdire à la maison, Jill, mais libre à moi de t'enseigner dès aujourd'hui des gestes utiles pour ta future vie de femme. Partante ?

Cette proposition la fit se redresser sur son siège, tout en se frottant le visage avec ses mains, comme pour ôter une saleté qui n'existait pas.

— Ne t'inquiète pas, Jill. Ça va bien se passer… la rassura son instructrice avant de sortir les cosmétiques d'un tiroir, pour lui décrire leur usage, leur couleur et lui faire découvrir leur texture.

À force d'avoir traîné dans les loges de théâtre où jouait sa mère, Jill connaissait la majorité des produits, rouges à lèvres et crayons. Sa mère l'avait parfois fardée pour s'amuser, mais jamais encore elle ne s'était maquillée seule, sérieusement, comme une femme le fait pour mettre en valeur ses charmes.

— L'important, c'est le dosage, précisa Mme Bruno. Je vais t'apprendre à te maquiller légèrement…

5

À LA RÉCRÉATION DE 10 H 30, Jill fila vers la machine à café. Contrairement aux rues de Paris, se déplacer sans canne au sein de l'Institut ne représentait aucun danger. Rares étaient ceux qui couraient dans les couloirs, mais la plupart des élèves connaissaient suffisamment l'école pour s'y balader avec aisance. On descendait et montait toujours les escaliers à sa droite et chacun faisait particulièrement attention aux ouvertures et fermetures de portes.

Jill salua ses camarades et ses professeurs au fil de sa progression, reconnaissant leur voix, leur démarche ou leur parfum.

— Bonjour madame Lenard, lança-t-elle, identifiant le bruit dynamique des talons de sa professeure de lettres qui marchait à ses côtés.

— Bonjour Jill. Joli, le maquillage.

— Merci, répondit Jill, se cachant les yeux d'un geste de la main.

Soudain, elle éprouva de la honte, de la gêne. Son maquillage se voyait-il trop ? Ressemblait-elle à un pot de peinture ?

— T'inquiète, c'est très léger, lui précisa Mme Lenard, décelant son appréhension.

C'était toujours pareil avec les jeunes filles quand elles se maquillaient pour la première fois ; elles avaient peur de se faire remarquer. Peur du jugement de leurs pairs, mais aussi de la réaction des parents. Se maquiller, c'est franchir une étape, rentrer dans la cour des grandes, accepter la séduction aussi. Se maquiller, c'est avoir l'âge de séduire et peut-être l'âge d'aimer. Cela procure un mélange d'excitation et d'appréhension, et parfois un sentiment d'impudeur proche de l'exhibitionnisme. Est-ce trop ? Trop tôt ? Pas assez ? Subtil dosage de la féminité qu'une adolescente est en général incapable de mesurer, d'autant quand elle n'y voit rien. Pas facile de se forger un jugement sur son apparence quand on est privée de son propre reflet dans le miroir et encore davantage du regard des garçons. L'imagination dans le noir file à la vitesse de la lumière et, très souvent, le pire a raison du meilleur. On devient parano et, parfois, presque maniaque.

Mme Lenard l'avait maintes fois remarqué après dix ans d'enseignement à l'Institut. Très souvent, les jeunes filles non voyantes préféraient la discrétion. Il leur fallait plus de temps que les autres pour imposer un style, oser une extravagance ou encore afficher une négligence vestimentaire assumée. Elles s'accrochaient à leurs habitudes et il leur était très difficile d'en changer.

Aussi l'enseignante dévia-t-elle la conversation sur un tout autre sujet.

— Tu es très jolie, Jill, mais n'oublie pas pour autant de me rendre ton sujet demain ! Tu m'avais habituée à te lire plus en avance…

— C'est que j'avais beaucoup de travail… Excusez-moi, on m'attend dehors…

Jill s'esquiva pour retrouver Ada autour d'un chocolat chaud, qu'elles se partagèrent dans la cour. Elles attendaient Nine et son collant de rechange qui n'arrivaient pas.

— Alors, c'est joli ou pas ? interrogea Jill pendant qu'Ada visionnait sur son portable les photos qu'elle venait de prendre du visage maquillé de son amie.

— C'est cool. On ne voit presque rien, mais le gloss orangé est hyper beau. Tu saurais le refaire toute seule ?

— Non, je n'ai rien écouté en cours ce matin… avoua Jill.

— T'es malade ! Le cours de maquillage est LE seul cours intéressant et toi tu décroches… T'es vraiment une intello. Tiens, voilà La Puce !

— Salut les mecs ! lança Nine en déposant négligemment un sac en plastique sur les genoux de Jill. Désolée, je n'avais pas de leggings, je ne porte jamais de jupes, ça m'empêche de marcher.

Nine était surnommée La Puce. D'une part, parce qu'elle était réellement un vrai génie de l'informatique et, d'autre part, parce qu'elle était très petite pour ses dix-huit ans et avait la singulière habitude de sauter les deux dernières marches des escaliers de l'Institut. Une puce hyperactive qui savait utiliser le peu de vision qui lui restait de près pour trifouiller les ordinateurs et potasser les logiciels. Ordi en panne ? Problème de mode d'emploi avec la vocalisation intégrée de son téléphone tactile ? Besoin express d'un fichier audio ou d'une recherche délicate sur le web ? Les élèves comme les professeurs appelaient La Puce qui se faisait une joie de dépanner. Le soir, elle potassait encore la programmation informatique devant les affiches du créateur de Facebook, Mark Elliot Zuckerberg, qui envahissaient les murs de sa chambre d'internat et qu'elle distinguait à peine.

Jill sortit le vêtement du sac et le palpa avec empressement. Elle détestait porter les vêtements des autres, mais sa chute du matin ne lui laissait pas vraiment le choix. C'était un jean en stretch, elle haïssait cette matière. *Sans doute trop serré*, pensa-t-elle, étant donné le gabarit de son amie.

— C'est quelle taille ? interrogea-t-elle, inquiète.

— Trente-six. Vous connaissez la nouvelle ? lança Nine, tout en répondant au SMS sonore qu'elle venait de découvrir.

— Il est délavé ? poursuivit Jill, obsédée par l'aspect du jean.

— Qui ? Moi ? interrogea John venu rejoindre le groupe d'amies. Je suis le plus beau John délavé du monde ! plaisanta-t-il, faisant ainsi référence à son albinisme, une maladie qui donnait un aspect blanc laiteux à sa peau originellement noire. Joli, le gloss, miss Jill ! souligna-t-il encore, la dévisageant de très très près, derrière ses lunettes de soleil opaques.

— Tu vois, c'est trop ! lança Jill à Ada tout en repoussant John qu'elle adorait, mais pas comme il le désirait. Tout le monde remarque mon maquillage, même les bigleux comme John, je vais l'essuyer !

— Non !!! Sacrilège ! hurla John, c'est hyper sexy. T'es malade ou quoi ? Tu veux me gâcher ma journée.

— Jill Le Bellec ne veut pas être sexy, elle veut être INTELLIGENTE, c'est tout ce qui l'intéresse, plaisanta Ada. La preuve ? Elle est la seule fille de l'Institut à n'avoir rien écouté en cours de maquillage !

— Oui, eh bien moi au moins, je ne serai pas le larbin des voyants ! répondit Jill vexée.

— Je ne vois pas en quoi devenir masseuse dans un spa fera de moi un larbin ! s'insurgea Ada, blessée. J'aime cette formation, Jill, et cesse de me juger. Je ne suis pas comme toi ! Je ne suis pas une intello !

— Je dis juste qu'avec un peu de travail, tu aurais pu passer ton bac et devenir kinésithérapeute. Je ne te juge pas, je t'encourage à te dépasser, c'est tout ! cria Jill en se levant d'un coup.

— Bon, mon scoop intéresse quelqu'un ou je vais fumer une clope dehors ? protesta La Puce pour couper court à la dispute entre les deux copines.

— Envoie ! répondit Ada en se rasseyant nerveusement. Et j'espère que ça va me faire marrer parce que ce n'est pas avec Jill que je vais m'éclater en ce moment…

Jill haussa les épaules avant de les quitter, prétextant devoir aller se changer avant le cours suivant. Les trois amis la regardèrent filer vers les toilettes avec un certain malaise. Jill n'était plus la même depuis quelque temps, mais aucun d'entre eux ne savait comment lui venir en aide. Quant à Ada, elle avait de plus en plus de mal à supporter les critiques répétées de son amie sur son choix de formation professionnelle. Tout en répondant aux SMS de sa hotline sonore, La Puce finit par lancer sa fameuse nouvelle qui avait un goût de réchauffé :

— M. Blaise sort avec Mme de Tarley ! J'ai pas l'image, mais je tiens ça de Dorothée et de Martin. Du lourd !

S'ensuivit un éclat de rire au sein de la petite bande de copains. La probabilité d'une nouvelle histoire d'amour entre le vieux prof de musique hyper ringard et la charmante professeure de sciences leur rendit un peu de leur légèreté adolescente. Ils passèrent le reste de la récréation à cancaner avec insouciance, oubliant le monde du dehors, leur futur, leur handicap et le mal-être de leur copine.

6

JILL PASSA LE RESTE DE LA JOURNÉE à suivre les cours avec ennui, coincée et mal à l'aise dans le jean de Nine. Puis, à la sonnerie de 17 heures, elle fila vers la sortie sans chercher à croiser ses camarades. Elle se faufila à l'arrière de la voiture taxi qui la raccompagnait chez elle. C'était un service spécialisé de transport pour les personnes à mobilité réduite. Et même si elle détestait cette expression de "mobilité réduite" qui lui donnait envie de courir, elle était quand même heureuse d'en profiter quand elle se sentait fatiguée le soir après les cours. Elle fut ravie cette fois de se laisser rêvasser derrière la vitre pluvieuse du véhicule.

— Bonne journée ? se renseigna le chauffeur avant de démarrer.

— Horrible ! répondit Jill en se laissant glisser sur le siège dans un soupir. Vous êtes Éric ?

— Affirmatif, répondit Éric. Je me demande comment vous faites pour reconnaître tous les chauffeurs du service. Nous sommes nombreux.

— Je ne reconnais pas tout le monde, avoua Jill. Mais vous, vous avez une voix particulière et puis vous êtes le seul à prendre des nouvelles de ma journée.

Le chauffeur Éric était toujours d'excellente humeur et prompt au bavardage avec les clients. Elle l'appréciait mais, après une telle journée, Jill n'avait pas envie de raconter sa vie, ni d'écouter celle des autres. Elle voulait juste réfléchir, se laisser aller. Aussi, après avoir ôté ses bottes à talons pour les troquer dans son sac contre une paire de ballerines plates, s'excusa-t-elle faussement :

— Je dois écouter ce livre audio pour demain. Ce n'est pas très poli, je suis désolée…

— Pas de soucis, Jill, à votre âge il faut bosser dur. C'est bientôt le bac de français… Je ne vous embêterai pas.

Et à la place du livre audio, Jill envoya *Back to black* d'Amy Winehouse à fond dans ses oreilles. Une chanson morose, triste, déprimante qu'elle écoutait en boucle depuis quelque temps. Ça lui faisait du bien. La souffrance de la chanteuse prématurément décédée faisait écho à la sienne. Elle avait envie de s'échapper et rêvait de courir librement. Courir à toute vitesse sans craindre la chute. Bien sûr elle s'en voulait d'avoir blessé Ada, mais rien ne la mettait plus en colère que le renoncement auquel étaient confrontés les jeunes de son âge dès qu'ils devaient s'orienter. Tu veux être chirurgien ? Impossible. Médecin ? Impossible. Avocat ? Probable, mais au prix d'un travail titanesque. Tu veux être coiffeuse, commerciale, cuisinière ? Laisse tomber. Quand on ne voit pas ou presque pas, les possibilités d'orientation se réduisent comme peau de chagrin, surtout les formations professionnelles. C'est pour cette raison que Jill visait la fac et les études supérieures, finalement plus accessibles. Ada, elle, avait décroché. Elle était en classe transitoire afin de réfléchir à des études plus courtes, et Jill s'était fait un devoir de la pousser à réintégrer une classe de seconde. À l'arrière de la voiture qui grimpait vers le parc de Belleville où elle résidait, Jill doutait de la réelle nécessité de convaincre Ada.

Elle a raison, se dit-elle. *Les études longues sont peut-être réellement trop difficiles pour elle…*

Jill craquait. C'était la première fois en neuf ans de cécité qu'elle laissait s'exprimer sa fragilité. Jusqu'à présent, elle avait foncé dans le noir en parfait petit soldat pour ne plus entendre la compassion des gens qui lui était insupportable. “Oh, la pauvre enfant !” “À son âge, c'est si triste.” “Que va-t-elle devenir ?” Combien de fois avait-elle entendu ces réflexions ? Elle ne supportait pas la pitié. Avec son franc-parler, sec et tranchant, elle avait plusieurs fois remis des gens à leur place. Comme cette femme qui avait osé lui dire que si cela lui était arrivé, elle se serait suicidée. “Merci, du conseil, lui avait-elle répondu. J'y vais de ce pas !” Ou encore quand une amie de sa mère lui avait demandé comment elle faisait pour manger, elle avait éructé sans détour : “Avec la bouche. Et vous, avec vos fesses ?” Réplique encore célèbre à la maison et qui, si elle faisait rire à présent, lui avait valu à l'époque trois jours de privation d'ordinateur pour insolence. Toutes ces années, sa colère s'était transformée en rage de vivre et elle était devenue une machine à gagner. Un robot à la mémoire infaillible qui analysait et mémorisait tout plus vite les autres. C'était la première fois de sa courte vie que Jill s'autorisait à s'interroger sur son handicap. Aurait-elle été différente si elle avait vu ?

Le chauffeur la laissa devant son immeuble où elle rejoignit son appartement du quatrième étage sans ascenseur. Sa chambre avait, paraît-il, une vue magnifique sur le parc de Belleville et tout Paris. Elle ne l'avait jamais observée mais elle l'avait souvent imaginée, recollant çà et là des souvenirs d'enfance pour créer une singulière carte postale rafistolée d'une vue imprenable sur la capitale.

— Salut, c'est Jill ! lança-t-elle en entrant chez elle.

— Je sais, je te vois, t'as pas besoin de t'annoncer quand tu rentres ! lui répondit sa petite sœur, en train de prendre son goûter sur la table de la cuisine.

— Sympa, aimable, ça fait plaisir ! répondit Jill, filant cacher ses bottes à talons sous le lit de sa sœur.

— Tu m'as dit de te corriger quand tu avais un comportement d'"aveugle". Ben, là, je te le dis. Dans le monde des voyants, une fille qui s'annonce quand elle rentre, ça fait un peu, genre : "Je me prends pour la reine d'Angleterre !"

— C'est bon ! Je le sais. J'avais juste oublié que j'étais chez moi et que je pouvais ENFIN me détendre, persifla Jill en se saisissant d'une brioche. Où est le lait ?

— À ta gauche, indiqua Isadora, tout en tendant un verre vide à sa sœur. Fais gaffe, il n'y a plus le bouchon sur le bidon. T'as planqué tes bottes dans ma chambre ?

— Oui, sous ton lit avec tes Barbie.

— Tu me dois deux euros pour la planquette de la semaine… réclama Isadora.

Jill se remplit un verre de lait, prenant soin de tremper son index à l'intérieur pour ne pas le faire déborder.

— Ça, on verra… parce que tu vois, c'est bizarre, je suis partie ce matin avec un collant beige…

— Et tu es revenue avec un jean noir hyper moulant : effectivement c'est hyper bizarre ! répondit Isadora avec espièglerie.

— Laisse tomber ! Tu me fatigues, abdiqua Jill en sortant une pièce de sa poche qu'elle fit glisser entre ses doigts avant de la tendre à sa sœur. En tout cas, je t'interdis de fouiller dans mes affaires, reprit-elle. Je te rappelle que je classe mes vêtements par couleur et que si tu mets tout en désordre…

— Je sais ! On le sait tous ici, princesse Jill, que tu es miraud et qu'il n'y a que toi qui comptes… Qu'il faut respecter l'ordre dans toute la maison. Le sucré à gauche, le salé à droite, le gel douche à gauche, le shampoing à droite, et patati et patata ! C'est relou à la fin !

— Comment tu peux dire ça ? C'est dégueulasse… et puis comment tu parles ? On dirait une fille des cités.

— Rien à foutre, j'en ai marre de me faire tout le temps engueuler à cause de toi. TOI, TOI ! hurla Isadora avant de filer dans sa chambre en claquant la porte.

Décidément, journée pourrie, se dit Jill avant de donner un coup de coude dans le verre que sa sœur avait volontairement posé trop près du bord, et qui en se brisant éclaboussa le sol de morceaux.

— T'es vraiment une nulle, Isadora ! hurla Jill.

Puis elle se saisit du balai et commença à réunir les reliques de verre sur le carrelage. Un crissement qu'elle détestait.

7

UNE FOIS DE PLUS, Jill avait oublié. Une fois de plus, cela avait provoqué un tollé familial, étirant jusqu'en soirée la morosité de sa journée pourrie.

— Il est hors de question que tu rates une première de ta mère, Jill ! lui avait froidement rétorqué son père quand elle avait évoqué la possibilité de ne pas se rendre au théâtre avec eux.

Il n'avait rien voulu entendre et était resté sourd aux arguments de sa fille qui prétextait ne pas avoir terminé son devoir de français.

— Mais papa, ce devoir compte pour la moyenne du second trimestre !

— Tu n'avais qu'à t'avancer, Jill ! Ton professeur de français t'a donné ce sujet depuis dix jours et la date de la première de maman est prévue depuis plus de deux mois ! Tant pis pour toi si tu obtiens une mauvaise note. Tu as seize ans, après tout, je ne vais quand même pas surveiller ton travail scolaire comme lorsque tu étais au collège ! Il faut grandir, ma fille…

Tu parles ! pensa Jill en enfilant la robe de cocktail noire que sa mère avait déposée sur son lit pour la circonstance.

Ils veulent que je grandisse et ils ne supportent pas de me laisser porter des talons hauts ou du maquillage.

Son père ne lui laissa aucune alternative : il était hors de question de rompre une habitude familiale et les Le Bellec au complet se rendraient au théâtre pour soutenir Anne, comme chaque fois qu'elle jouait une pièce pour la première fois.

Deux heures plus tard, Jill trépignait dans le hall du théâtre de la Colline, les deux pieds dans des ballerines plates, au milieu de tout ce que Paris comptait de gens "importants" : intellectuels, journalistes, gros bonnets de la mode, de la finance, de la culture. Ça piaillait autour d'elle comme dans un immense poulailler. On commentait l'actualité, on envisageait le futur, on éclatait de rire très fort et les talons des femmes picoraient le sol dans une cacophonie générale. Jill connaissait par cœur cette ambiance des "événements culturels parisiens". Depuis son enfance, elle avait année après année assisté à toutes les premières représentations des pièces qu'interprétait sa mère. Elle connaissait son jeu sur le bout des doigts, ses tics aussi, la façon qu'elle avait de se déplacer sur scène. Elle percevait la qualité ou les défauts de son interprétation mieux que n'importe quel critique de théâtre. Et Anne Le Bellec ne s'y trompait pas, se fiant généralement au premier avis de sa fille pour juger de la qualité de son jeu. D'ailleurs, Jill la trouvait souvent excellente. La jeune fille aimait bien le théâtre, surtout Shakespeare et Tchekhov, mais toutes ces obligations mondaines la barbaient. Les amis de sa mère lui faisaient toujours les mêmes compliments, se sentant parfois obligés de souligner sa grâce ou son intelligence comme pour éviter de parler de son "handicap".

— Ton père me dit que tu es la première de ta classe, Jill ! C'est formidable ! Génial ! s'était exclamée avec emphase l'attachée de presse du théâtre, venue les saluer dès leur arrivée.

Pas de quoi se pâmer, je suis juste une fille qui bosse, avait pensé Jill. Toujours cette impression que les gens en faisaient trop et manquaient de naturel face à elle. Son handicap était-il si ostentatoire ? Elle ne portait pourtant pas souvent de lunettes noires et ses yeux, malgré les opérations, ne laissaient rien percevoir d'anormal. Son regard marine était un peu fixe, certes, mais n'affichait nullement sa cécité. En tout cas, c'est ce que lui disaient sa famille et ses amis. Alors, pourquoi fallait-il qu'elle perçoive le malaise dans les mots des gens ? C'était plus fort qu'elle, derrière "c'est formidable", elle entendait "dans ton état". Ça lui prenait la tête ! Elle en avait assez de tout décortiquer de la sorte et, en même temps, elle ne pouvait s'en empêcher. Il fallait bien avouer qu'elle aussi manquait de naturel en société. C'est pourquoi, en attendant le début du spectacle, elle avait préféré s'éloigner des mondanités pour s'adonner à son jeu favori du moment avec Isadora qui, malgré la dispute de l'après-midi, avait accepté une partie de "chasse aux regards". Ce petit jeu les amusait beaucoup et scellait leur complicité de sœurs. La règle était simple : Jill prenait un air détaché, la canne rangée dans son sac, pendant qu'Isadora lui rapportait oralement l'effet de sa beauté sur les jeunes garçons.

Les deux sœurs étaient perchées sur la mezzanine qui domine le hall du théâtre pour mieux repérer leurs proies.

— Poisson en vue, lança Isadora en observant le regard admiratif d'un jeune garçon. Il t'a dévisagée deux fois de suite.

— Quel âge ? murmura Jill qui avait négligemment posé un coude sur la balustrade de l'escalier, pour faire celle qui rêvassait.

— Seize ou dix-sept ans ou dix-huit. C'est dur de donner un âge aux garçons de plus de dix ans.

— Brun ?

— Affirmatif, commandante !

— Il porte un jean délavé ?

— Oui, avec une veste noire et des cheveux en pagaille. Plutôt BG. Tout à fait ton style. On passe à "l'attaque" ? interrogea Isadora en lui donnant un petit coup de coude.

— C'est parti ! répondit Jill, saisissant le bras de sa sœur avec enthousiasme.

Les deux intrigantes se dirigèrent en direction du jeune homme en question, qu'elles dépassèrent lentement, chaloupant légèrement du bas des reins. Elles avaient mis au point un langage codé très simplifié pour que Jill puisse réagir en temps réel aux approches de séduction. Une tape sur le bras signifiait que le jeune homme visé avait souri en sa direction. Deux tapes : qu'il lui avait jeté un petit coup d'œil appuyé. Trois tapes : qu'il la regardait vraiment avec insistance. Zéro tape : il ne s'était rien passé. Cette fois, Jill reçut une triple tape. Elle esquissa donc un discret sourire à la hauteur du jeune homme et reçut sur son bras une tapette simple : le garçon lui avait souri. Quelques mètres plus loin et alors que la sonnerie annonçait le début du spectacle, les deux comploteuses eurent juste le temps d'un bref échange.

— Alors ? s'enquit Jill.

— Il est scotché ! répondit Isadora. Il est avec un copain et les deux garçons se sont retournés plusieurs fois sur toi. On essaie de les recroiser à la sortie du spectacle ?

— Cette fois, il me faut son portable ! chuchota Jill à l'oreille de sa petite sœur avant de lui déposer un tendre baiser sur sa joue d'enfant.

Isadora était pénible comme toutes les petites sœurs de la terre mais, au-delà de ses parents, elle était aussi la seule voyante capable de lui rappeler qu'elle n'était pas qu'aveugle, mais aussi : chiante, maniaque, autoritaire, butée, sérieuse, intello et terriblement susceptible. C'était bon de se faire juger sans apitoiement, ni aucune circonstance atténuante. Et en cela, Isadora était une championne : franche, directe, absolument étrangère à la pitié. Ce n'était pas le cas de tout le monde. Surtout des garçons de moins de dix-huit ans.

8

À LA SORTIE DU SPECTACLE, Jill avait effectivement recroisé le jeune homme, mais pas dans les circonstances qu'elle avait prévues et la réaction de celui-ci l'avait achevée. Ce fut en quelque sorte l'apothéose de sa journée pourrie ; enfin, Jill à cet instant pensa que c'était son apothéose, incapable d'imaginer que le pire restait à venir. C'est ainsi qu'elle se retrouva aux alentours de 22 h 30 dans un restaurant chinois avec ses parents et une brochette de comédiens pour fêter leur succès. Elle se sentait humiliée, fatiguée, prête à craquer. Une bombe humaine.

— Midemoiselle, s'il vous plaît, lui dit la serveuse, lui mettant un menu sous le nez.

— C'est écrit en braille ? persifla Jill.

— Oh, pardon, moi pas vuou que vous êtes aveugle, s'excusa la serveuse, avec un épouvantable accent asiatique. Elle prendra quoua alors, méssieur ? demanda-t-elle à son père, pour une fois plus occupé à boire du champagne qu'à s'occuper de ses filles.

— Elle prendra ce qu'elle voudra, répondit-il à son tour assez sèchement. Ma fille est aveugle, pas muette.

La serveuse, éconduite par le père et la fille, finit par prendre les commandes avant de disparaître, tête basse. Jill en profita pour tirer sur la manche de son père et l'implorer de rentrer. Il lui semblait totalement au-dessus de ses forces de supporter cette soirée festive plus longtemps.

— Papa, demain, je commence à 9 heures.

— Jill, détends-toi un peu ! Je te ferai un mot si tu ne peux pas te lever demain. Reste cool… On a bien le droit de s'amuser, même quand on est une jeune fille sérieuse comme toi. Ce soir : c'est la fête…

— Un triomphe, mes amours ! Une tuerie ! claironna le metteur en scène en pénétrant dans le restaurant. Toute la presse était là et je pense que la critique sera unanime : Anne, tu étais MA-GNI-FI-QUE !

Seule Isadora, à moitié endormie au bout de la table, pouvait comprendre à cet instant précis ce que Jill éprouvait. Une envie de tirer sur la nappe, de hurler et de se sauver en courant. Les mots du jeune garçon qu'elle avait tenté de séduire au théâtre lui martelaient les méninges. Ce n'était pas la première fois qu'elle entendait ce genre de remarque ultra blessante, mais rien à faire, elle ne pouvait s'y habituer ! Qui aurait pu s'y habituer ?

Cela s'était passé juste après la fin du spectacle. Isadora avait guidé Jill jusqu'aux toilettes, mais elle avait oublié de l'attendre à la sortie. Si bien que Jill n'avait pas eu d'autre choix que de se diriger avec sa canne vers l'entrée des loges où l'attendait sa famille. C'est à ce moment qu'elle avait surpris un échange entre deux garçons, reconnaissant l'un d'eux comme le jeune homme qui lui avait souri quelques heures auparavant. Jill n'aurait pas dû les entendre ; malheureusement elle voyait avec ses oreilles et parfois les sonorités du monde étaient encore plus laides que certaines de ses images.

— Mate, c'est la fille de tout à l'heure, avait dit le premier garçon. Putain, les boules, elle est aveugle.

— C'est pas vrai ? Nul ! Ça fait pitié ! Elle était si jolie, c'est dommage ! avait répondu le jeune homme qui quelques heures plus tôt lui avait souri. C'est tout moi, ça, faut que je kiffe sur une handicapée.

— C'est parce que tu es toi-même un peu handicapé de la tête, man, avait répondu son acolyte, et les deux garçons avaient éclaté de rire, pensant que Jill était trop loin pour saisir leurs propos.

Mais Jill avait l'ouïe extrêmement fine et son sentiment mêlé de honte et d'injustice n'avait fait qu'amplifier sa colère. Une colère qui grondait maintenant à en faire trembler chacun de ses os. Elle se sentait prête à mordre, à agresser, prête à tuer. "C'EST DOMMAGE !" Voilà ce que ce con de mec avait dit, réalisant que la fille canon à laquelle il avait souri ne pourrait jamais admirer son joli visage. "DOMMAGE !" *Mais pourquoi ?* hurla-t-elle mentalement. Pourquoi les mecs voyants de seize ans ne pouvaient-ils tomber amoureux d'une aveugle ? Était-elle donc si effrayante ? Pourquoi cessait-elle soudain d'être attirante, la canne à la main ? N'était-elle définitivement qu'une handicapée ? Une infirme asexuée ?

— Alors, ma chérie, tu as aimé la pièce ? lui demanda sa mère en lui glissant un baiser dans le cou.

Jill fut prise de sueurs froides et de nausées au milieu du brouhaha du restaurant chinois. Elle distilla à sa mère quelques banalités dans un état semi-comateux.

— Oui, c'était bien. Un peu long par moments, mais ça va. Tu étais très émouvante, maman…

Elle ne réussissait même plus à donner le change, saoulée par le bruit des clients alcoolisés et les rires de sa mère qui papillonnait d'une table à l'autre pour recevoir ses honneurs. Alors, d'un mouvement, elle envoya balader son repas et son voisin d'en face qui tentait de nouer le contact.

— Vous êtes dans une école spécialisée, Jill, je crois ?

— Oui. C'est très très spécial, je suis très très spéciale, répondit-elle sèchement, avant de se lever d'un bond, faisant tomber au passage un verre d'eau sur la table.

— Pardonnez-moi, je dois partir…

Elle fila droit vers son père qui trinquait pour la énième fois de la soirée au succès de sa femme.

— Vive *La Cerisaie* ! Vive Tchekhov et Anne Le Bellec !

— Papa, je rentre ! murmura Jill, en lui tirant sur la manche de sa veste.

— Quoi ?

— Je rentre ! hurla-t-elle, provoquant le silence et une certaine gêne au sein de l'assemblée festive.

Son père, surpris, fit signe aux autres de poursuivre et la guida vers un endroit plus calme.

— Qu'est-ce qui te prend ? Tu ne peux pas rentrer seule, ma fille. C'est trop tôt.

— Trop tôt, trop tard, faudrait savoir papa ! J'ai seize ans, je peux prendre un taxi ! Je suis fatiguée. J'ai eu une journée naze.

— Des mauvaises notes ?

— Non, papa il n'y a pas que les notes dans la vie… et puis je ramène Isadora. Regarde, elle dort en bout de table, c'est nul pour elle.

— D'accord. Tu as raison, admit son père. Tu es une grande fille maintenant. Une belle et grande jeune fille… Je ne t'ai pas vue grandir…

— Papa, c'est bon. T'es bourré ! Tu me donnes des sous pour le taxi ?

Finalement, d'un commun accord, ses parents préférèrent qu'elle rentre en taxi plutôt que de gâcher leur soirée en boudant. Quelques minutes plus tard, les deux sœurs s'engouffraient dans une Mercedes chauffée qui roula au rythme de la quatrième symphonie de Mozart. Jill apprécia de nouveau son transport en voiture.

Décidément, les taxis parisiens sont les derniers espaces zen de la ville, pensa-t-elle, alors qu'Isadora dormait, la tête posée sur ses genoux. Étrangement, cela lui fit du bien de se sentir responsable de sa petite sœur, toute chaude de sommeil. Elle entrouvrit légèrement la vitre pour sentir la fraîcheur de la nuit sur son visage et essayer de gommer de sa mémoire le "c'est dommage" du garçon au jean délavé.

Le chauffeur qui devait la regarder dans le rétroviseur ne put s'empêcher de commenter son attitude :

— C'est beau Paris, la nuit, n'est-ce pas, mademoiselle ?

— Oui, c'est beau, vous avez raison.

Elle colla son nez à la vitre glacée et tenta de s'apaiser, imaginant les lumières de la ville, les phares des bateaux-mouches, les scintillements de la tour Eiffel. Elle éprouva soudain une envie d'adrénaline. Une envie de finir sa journée comme elle l'avait commencée : en transgressant un interdit pour faire la nique à la vie.

9

— ALLÔ, C'EST QUI ? AVAIT DEMANDÉ ADA, violemment extirpée du sommeil par la sonnerie de son portable. Il était minuit.

— C'est moi. Je suis dans le parc, préviens les secours. Les pompiers ou le Samu… Fais vite, je t'en supplie ! J'ai super mal, Ada…

— Jill ? C'est toi ? Il est minuit passé… Qu'est-ce qui se passe ? T'es où ? avait interrogé son amie, folle d'inquiétude.

— Parc de Belleville. En dessous de notre *Titanic*. Je me suis cassé la gueule. Il y a un homme blessé. Je crois que c'est grave… Il est peut-être mort.

— Pourquoi tu chuchotes comme ça ? Dans quel plan tu t'es encore fourrée ? Ça va ?

— Il faut que je raccroche, il ne faut pas que je me fasse remarquer… Ils pourraient revenir… Je vais éteindre mon portable, tu ne pourras pas me rappeler… Appelle les secours ! Je t'en prie.

— Jill ? Jill ???

Et la conversation fut coupée. Paniquée, Ada prévint aussitôt sa mère, qui elle-même avertit les secours. Les parents de Jill, eux, restèrent injoignables.

Jill n'osait plus bouger. Dans sa chute, elle avait perdu sa canne et elle était convaincue que de sales types l'attendaient devant les grilles du parc pour lui faire la peau. Recroquevillée derrière un massif épineux, elle attendait les secours, traquant le moindre bruit pour tenter de déceler ce qui se passait. Le blessé ne criait plus comme il l'avait fait durant la bagarre. Ses agresseurs l'avaient-ils tué ? S'était-il évanoui ou était-il mort à la suite de ses blessures ? Jill tremblait dans cette forêt d'obscurité qui ne ressemblait en rien au parc qu'elle avait l'habitude d'arpenter depuis son enfance. Tout lui était étranger, même le bruit de cette chouette qui hululait sans fin. Était-elle inconsciente ? En enfer ? Vivante ou morte ? Elle se mordit la joue pour s'en assurer. Elle était bien vivante, ça faisait un mal de chien. Les secours mettaient un temps fou à arriver, elle pria pour qu'Ada les ait appelés. Elle pria aussi pour qu'Isadora ne se réveille pas toute seule dans ce grand appartement vide et que ses parents ne la tuent pas quand ils apprendraient ce qu'elle avait fait.

Mais après tout, qu'avait-elle fait de mal ?

Elle s'était juste offert une petite excursion nocturne. Une dernière petite virée avant d'aller se coucher.

Après avoir quitté le taxi, les deux sœurs étaient directement rentrées dans l'appartement. Jill s'était assurée que sa sœur dormait et puis elle était ressortie pour aller prendre sa dose d'adrénaline, c'est-à-dire respirer la vue panoramique sur Paris. Elle adorait faire ça, surtout quand elle se sentait malheureuse. Escalader la grille du parc de Belleville, coincer ses pieds autour des barreaux, lâcher doucement les mains, sentir ses cheveux voler au vent et imaginer Paris à perte de vue en criant “Je suis le roi du monde !” comme Leonardo DiCaprio et Kate Winslet dans *Titanic*. Ada aussi adorait cette sensation, elles avaient souvent escaladé la grille ensemble. Ce n’était pas très risqué, il suffisait de trouver son équilibre, de prendre une grande bouffée d’oxygène pour ensuite avoir l’impression de voler. Néanmoins, Jill avait oublié un détail important. La nuit dans Paris, et particulièrement dans son quartier, n’était pas un terrain de jeu pour adolescentes en quête de sensations romantiques. Surtout pour celles qui comme Jill ne pouvaient anticiper le danger ni courir à toute vitesse pour lui échapper. Aussi, peu après qu’elle eut murmuré “Je suis le roi du monde !” la canne en poche et les bras en croix, elle avait entendu une voiture s’arrêter brutalement sur la place devant la grille du parc. Des crissements de pneus, des claquements de portières musclés et des voix masculines plutôt agressives. Un des types avait dit :

— Arrête-toi ou je te bute ! Tu vas payer ce que tu dois à Boby, sinon on te fera la peau, à toi et à ta jolie petite famille.

Ensuite, elle avait entendu une série de coups et de gémissements. Elle s’était alors agrippée à la grille pour ne pas tomber et avait commencé à paniquer de son perchoir, à l’idée que les hommes puissent l’apercevoir. Elle se retrouvait être l’unique témoin d’un règlement de comptes entre truands qui ne pouvaient deviner qu'elle n'y voyait rien et ne pourrait donc les identifier. Elle était en danger. Impossible de bouger, de sauter, ni de redescendre sans se faire remarquer. Elle demeura immobile, les mains crispées sur la grille, retenant son souffle. Elle entendit encore une série de coups de poing ou de pied ; le pauvre type à terre se faisait massacrer et il hurlait de douleur. Ensuite, tout était allé très vite. Les hommes l'avaient repérée et interpellée :

— Il y a quelqu'un là-bas ? Viens, Mo, on fout le camp, il a son compte.

Et puis encore, cette menace dans sa direction :

— Qui que tu sois là-bas, tu n'as rien vu, sinon, on te fera la peau à toi aussi. On te retrouvera si tu l'ouvres.

Dans un moment de panique absolue, Jill avait alors sauté. Avait-elle perdu connaissance en tombant ? Ou était-ce la peur qui l'avait privée de son jugement ? En tout cas, elle ne se souvenait plus d'avoir entendu la voiture redémarrer. Elle s'était retrouvée dans un massif épineux, le dos en compote, avec une violente envie de vomir. Sa première réaction fut d'appeler Ada. Par chance son téléphone portable ne s'était pas brisé dans sa chute et sa meilleure amie avait répondu. À présent, elle attendait les secours, ne percevant plus aucun bruit. Ni gémissement, ni pas, ni coups. Juste cette chouette qui hululait à la mort, le lointain murmure des voitures de la ville et quelques éclats de rire de fêtards éméchés. Elle repensa à ses parents. Étaient-ils déjà en route ou encore en train de boire du champagne ? Il était minuit trente à sa montre tactile quand elle entendit les sirènes d'un camion de pompiers. Elle était sauvée ! *Dans la merde totale*, pensa-t-elle, *blessée, mais saine et sauve.*

10

— JE SUIS LÀ ! ICI ! cria Jill d'une voix trop faible pour se faire entendre des pompiers, malheureusement partis dans une mauvaise direction.

Elle décida alors de se relever et d'essayer de rejoindre les grilles du parc, pour que les sauveteurs puissent la voir. Son dos et sa tête lui faisaient horriblement mal, du sang lui coulait sur le front. Elle avait froid et marchait sans sa canne qu'elle avait égarée. Les bras tendus vers le néant, elle finit par saisir les grilles, se blessant les jambes dans les rosiers.

— Ici ! Par ici ! cria-t-elle dans un souffle.

Finalement, un pompier la remarqua, prévint ses collègues et escalada aussitôt la grille du parc avant d'atterrir à ses côtés avec agilité.

— Asseyez-vous, mademoiselle. Ça va aller. Ça va aller… lui dit-il en l'entourant de bienveillance. On va s'occuper de vous.

— Il y a un homme, sur la place… Deux autres l'ont roué de coups. Deux truands, je pense. Ils lui réclamaient de l'argent. Est-ce qu'il va bien ? Est-ce qu'il est en vie ?

L'esprit de Jill était rivé sur l'image de cet homme blessé à mort qu'elle s'était créée en entendant ses gémissements. Comme la plupart des accidentés, elle était désorientée et se focalisait sur une tout autre idée que celle de sa santé. Le pompier voulut lui faire un test visuel pour juger de son état de conscience.

— Pour l'instant, on va s'occuper de vous, mademoiselle. Regardez-moi. Suivez mon doigt.

— Je suis aveugle, répondit-elle comme s'il s'agissait d'un détail sans importance. Mais l'homme qui est blessé : est-ce qu'il va bien ? demanda-t-elle encore.

Le pompier prit cette remarque pour une preuve de délire ; la jeune femme était visiblement très choquée, peut-être avait-elle perdu la vue. Il appela ses collègues dans son talkie-walkie pour exiger une civière et le matériel de réanimation. Jill trouvait qu'il avait une singulière façon de parler d'elle.

— Jeune fille, consciente mais choquée, désorientée. Cécité temporaire possible… blessure à la tête, à la jambe et se plaint du dos…

Elle ne jugea même pas utile de lui préciser que sa cécité n'était pas temporaire et qu'elle n'avait rien à voir avec le choc. Elle était assommée. Incapable de bouger, concentrée sur cette vision d'un homme ensanglanté sur la place, et sur les cris et la violence des coups que les deux hommes lui avaient assénés. Après avoir dressé une sorte d'état des lieux, le pompier la força à se calmer, à respirer, tout en lui tenant la main.

— Mes collègues vont arriver. Restez assise. Ça va aller… Restez avec moi, restez avec moi. On va vous emmener à l'hôpital.

— Non, non ! Ma petite sœur est toute seule à la maison, se défendit-elle soudain, réalisant qu'elle avait abandonné Isadora dans l'appartement depuis pas mal de temps. Je ne peux pas la laisser, elle n'a que huit ans et mes parents sont en soirée…

— Où habitez-vous ?

— Juste à côté, 4 rue Piat.

— Vous avez le numéro de vos parents ?

Le pompier lui posa pas mal de questions. Elle ressentit une vive douleur à la tête. Elle n'arrivait plus à parler. Les autres secouristes arrivèrent et la portèrent sur la civière.

— Est-ce que l'homme sur la place est en vie ? ne cessa-t-elle de répéter encore comme si sa propre vie en dépendait.

— De quel homme parlez-vous ? Il n'y a aucun homme sur la place, finit par lui avouer le sauveteur. Vous étiez accompagnée ? Un homme vous a agressée ?

Ensuite toutes les questions des pompiers se mélangèrent pour laisser place à un ronronnement sourd. Elle s'évanouit. Se réveilla dans un camion qui fonçait à vive allure. S'évanouit encore. Entendit des voix diffuses autour d'elle. On la fit respirer dans une sorte de masque en plastique. Elle sombra alors dans un profond sommeil.

LA NUIT

11

COMME TOUJOURS JILL S'ÉVEILLA DANS LA NUIT. Elle reconnut l'odeur de médicament et de désinfectant puissant : elle savait parfaitement où elle se trouvait. Les effluves de café et le bruit des roulettes des chariots lui indiquèrent qu'il était tôt. Sans doute le petit matin.

Jill sentit la main tremblante de son père et le souffle irrégulier de sa mère dans le silence ouaté d'unc chambre d'hôpital. Ils étaient là, à ses côtés, et elle s'en voulut de les avoir replongés dans l'inquiétude.

— Pardon, je ne voulais pas vous causer des ennuis, leur dit-elle d'une voix faible après les avoir embrassés.

Elle ne sut retenir ses larmes et ses parents l'entourèrent aussitôt de part et d'autre du lit comme deux boucliers de lumière. Ils savaient la protéger. Jill pensa qu'ils étaient comme deux preux chevaliers, parfaitement entraînés à repousser la douleur et la peur du corps de leur enfant. Ils avaient traversé tant de batailles tous les trois. Elle se détesta de les faire souffrir de nouveau.

— Ma chérie, ça va aller, ne t'inquiète pas. On va bien s'occuper de toi, lui murmura son père en parant sa voix d'un petit air rassurant. Les médecins disent que tes blessures à la tête et au dos sont superficielles.

Jill repensa alors à cet homme qu'elle avait entendu gémir sur le trottoir. Pleurer, crier, souffrir dans la nuit.

— Est-ce que les pompiers ont retrouvé le corps de l'homme ? leur demanda-t-elle.

Elle était persuadée qu'il était mort. Les coups avaient été si violents.

— Ma chérie, ils n'ont rien trouvé, répondit son père, un peu gêné. Les pompiers nous ont parlé de ces hommes que tu avais cru entendre…

— Que j'ai entendus, papa ! Je n'ai rien inventé. Tu sais à quel point j'entends et de façon précise. Ils l'ont roué de coups… et je n'ai rien pu faire… Je n'ai pas pu l'aider…

Jill éclata de nouveau en sanglots, encore sous le choc de la violence de la scène dont elle avait été témoin. Ses parents lui promirent d'en parler à la police, mais il fallait auparavant qu'elle se repose. Elle n'avait plus à s'inquiéter ni pour cet homme ni pour sa petite sœur qui, au cours de la soirée, ne s'était même pas aperçue de la présence des pompiers dans l'appartement. Dominique et Anne rappelèrent encore à leur fille qu'elle avait eu beaucoup de chance de ne pas s'être fracassé la colonne vertébrale en tombant de la grille du parc et qu'ils considéraient le reste comme secondaire. Seule comptait sa santé. Dans un ou deux jours tout au plus, elle serait à la maison et ils lui promirent de l'entourer d'attention.

— Tout va rentrer dans l'ordre, ma belle, lui murmura son père en l'embrassant sur le front. Si tu veux, quand tu seras d'aplomb, on se fera une initiation à la plongée sous-marine en piscine. Tu en avais envie…

— Dominique, ne commence pas avec tes challenges… implora sa mère tout en passant une serviette humide sur la joue de sa fille.

— Ce n'est pas un challenge, Anne. Elle en avait envie…

Jill ferma les yeux comme pour les prier de ne pas recommencer à se disputer par sa faute. Elle se sentait épuisée. Coupable. Aussi coupable qu'une personne qui n'a pas su venir en aide à un blessé. "Aidez-moi !" Elle n'avait pas rêvé. L'homme avait appelé au secours et elle n'avait pas bougé.

Contrairement à celui de ses parents, l'avis des médecins fut nettement plus réservé après une série d'examens. Si les blessures à la tête et au dos de l'adolescente restaient effectivement superficielles, ils trouvèrent son état psychologique inquiétant. La psychologue diagnostiqua un "état très anxieux" et il fut décidé de la garder à l'hôpital sous surveillance pour une semaine.

La première nuit, il ne se passa rien.

Jill fit simplement un cauchemar. Des voix d'hommes la poursuivaient et elle recherchait un endroit pour se cacher. Elle ne cessait de tomber, de s'écorcher la peau et, plus elle fuyait, plus les voix se rapprochaient… Le lendemain matin, elle s'éveilla en pleurant et passa d'ailleurs une bonne partie de la journée au bord des larmes. Dans l'après-midi, un policier vint prendre sa déclaration, mais il lui confirma qu'aucune bagarre n'avait été signalée dans le quartier. Elle était le seul témoin de ce "prétendu" règlement de comptes. Le policier employa cette expression qui réveilla sa colère. Elle n'avait pas rêvé, elle n'était pas folle, elle avait tout entendu… L'agent, qui perçut la fragilité de la jeune fille et l'angoisse des parents, se contenta de leur rappeler qu'il y avait dans Paris des bagarres tous les soirs et que cela heureusement ne se terminait pas toujours en meurtre. Jill passa le reste de la journée à somnoler et à écouter de la musique. Pour son bien, les médecins décidèrent de lui refuser toute visite d'amis et ses parents acceptèrent même de ne venir que deux heures par jour. Elle devait faire le vide, se reposer, se laisser soigner et parler de ses soucis avec la psychologue. Mais Jill n'arrivait pas à parler. Elle n'avait rien de spécial à dire à cette femme qui l'écoutait en se grattant le menton. Elle n'avait rien à dire, sauf qu'elle était en colère, qu'elle détestait le monde entier, qu'elle se détestait et qu'elle était persuadée d'avoir assisté à un meurtre. Comment raconter cela sans passer pour une folle ? Qui plus est, à une psychologue ? Elle préféra se taire et faire croire au médecin que tout allait bien… Pas de problème de cœur. Pas de problèmes scolaires. Pas de solitude. Juste une fatigue passagère. Jill savait très bien dissimuler ses vrais sentiments, ses peurs et ses angoisses, même face à un médecin.

La deuxième nuit, la lumière apparut. Elle se tut.

La troisième, les couleurs. Elle s'inquiéta en silence.

La quatrième, les contrastes. Elle se mit à espérer.

Au petit matin de la cinquième nuit, Jill retrouva le sourire.

Elle voyait en dormant.

Pour la première fois depuis des années d'obscurité totale, elle distinguait des images, des couleurs et même la lumière du jour. Elle rêvait en images et plus seulement en bruits et sensations. C'était inouï, inespéré, troublant. Elle aurait pu s'inquiéter, prévenir ses parents, les médecins. Elle n'en fit rien, se contentant de profiter de cette extraordinaire beauté nocturne.

12

— JE VOIS, ADA !

— Quoi ? C'est quoi encore ce délire, Jill ?

— Je vois quand je dors. Je rêve en images, en couleurs. Je vois la lumière du soleil…

— Comme quand tu étais voyante ?

— Exactement. Je te jure, Ada, dit Jill, se redressant pour s'asseoir en tailleur dans son lit. Je n'avais pas rêvé en images depuis des années. C'est si réel… Si beau.

— Tu vois quoi ? lui demanda son amie, encore vêtue de son manteau et de son immense écharpe en laine qu'elle déroulait tel un fil de bobine.

C'était la première fois depuis l'appel au secours que les deux amies se retrouvaient. En pénétrant dans sa chambre, Ada avait pensé trouver sa copine au fond du trou, déprimée, blessée, somnolente, telle que la lui avaient décrite ses parents. Au lieu de cela, dès que les adultes refermèrent la porte sur elles pour les laisser tranquilles, elle découvrit une Jill enjouée et excitée comme une puce par les images de ses songes.

— Ça fait deux nuits que je distingue clairement des images. C'est venu progressivement. D'abord la lumière et puis les couleurs, les détails… J'ai vu un carrefour en ville, des voitures, des feux tricolores. J'ai vu un kiosque à journaux, une vitrine de fleuriste. J'ai vu toutes les couleurs des fleurs. Du jaune, du rose, du violet… C'est si beau, Ada… J'avais oublié comme la vie est belle à regarder…

Face à l'exaltation fiévreuse de Jill, Ada réalisa que sa meilleure amie n'était peut-être pas aussi en forme qu'elle voulait bien l'admettre. Ses "visions" de nuit étaient peut-être liées à son état traumatique ; elle se sentit un peu mal à l'aise et tenta de la ramener à la réalité.

— Tu as été choquée, tu es hyper fatiguée… C'est peut-être un contrecoup…

— Je ne délire pas ! Tu dois me croire ! Je sais que j'ai déconné de me balader sans canne ou toute seule dans la nuit, mais ccttc fois, tu dois mc croirc, Ada, jc ne délire pas. Ça fait deux nuits que je perçois la lumière et les couleurs dans mes rêves. Je distingue des images très réelles comme quand je voyais. C'est dingue…

— Tu en as parlé à tes parents ? s'informa Ada de plus en plus inquiète pour la santé mentale de son amie, qui avait l'air complètement illuminée.

— Non, non, non… ils me prendraient pour une folle. Ils se feraient du souci pour ma santé, je ne veux plus les inquiéter.

À ce moment, Ada eut un léger recul. Une fois de plus, Jill la mettait dans une situation inconfortable.

Elle venait de lui révéler un “miracle” qui n’était peut-être qu’un symptôme de son désordre psychologique ou une séquelle du choc à la tête qu’elle avait reçu en chutant de la grille du parc. Un symptôme qui pouvait s’avérer important pour la guérison de son amie. Que devait-elle faire ? Trahir sa confiance, mais agir pour sa guérison en parlant à ses parents ? Ou respecter son secret au risque d’aggraver son état de santé ?

Jill perçut cette hésitation. Elle connaissait Ada par cœur et savait reconnaître son malaise au son de sa voix ou de ses silences.

— Ada, tu es ma meilleure amie ou pas ? interrogea Jill, en lui saisissant fermement les mains.

C’était un engagement qu’elle réclamait à présent. Un véritable pacte pour sceller à jamais leur amitié. Elle avait besoin d’elle, de son soutien. Et Ada, une fois de plus, se laissa convaincre.

— Ça va ! Je me tairai. Mais, je te préviens, si tu commences à me dire que tu entends des voix ou si tu me ressors toutes ces conneries sur les dons de voyance et de prémonition des aveugles, je balance tout à tes parents. T’as capté ?

Ada perçut la joie de son amie qui la serra dans ses bras. Elle n’avait pas l’air si timbrée. Pas plus qu’à son habitude. Simplement bouleversée par cette chance inouïe de recouvrer la vue. Même en rêve, c’était le plus beau cadeau que la vie pouvait offrir à une personne non voyante. Ada le savait, elle qui voyait encore.

Pour revenir à une réalité plus tangible, elle lui donna des nouvelles de l’Institut, où copains et professeurs attendaient son retour avec impatience. John, qui était amoureux de Jill depuis la quatrième, trépignait évidemment de venir la voir, et Nine lui avait podcasté un reportage sur sa chanteuse préférée, Amy Winehouse. Jill chargea Ada de les embrasser et de les remercier de sa part, mais aussi de demander à Nine un petit service “spécial” :

— Je voudrais que La Puce épluche la presse sur le web. Je veux des infos sur une bagarre de rue qui a eu lieu dans mon quartier le soir de mon accident, mais aussi sur un truand qui se fait appeler Boby et un autre Mo.

— Franchement, tu devrais oublier tout cela... conseilla Ada en rembobinant son écharpe autour de son cou.

— Je ne peux pas... Ça m’obsède... J’ai entendu un homme hurler à la mort. Et ces cris ne quittent plus ma tête, Ada, je te jure, c’est à en devenir dingue. Tu peux faire ça pour moi ?

— Je peux TOUT faire pour toi, pétasse, abdiqua son amie. Mais je te préviens, dès que tu retrouves la pêche, tu me dois une journée de shopping. Et arrête de te mettre dans des galères !

Jill promit et laissa Ada se lover contre ses épaules, comme elle en avait l’habitude. C’était bon de la retrouver, bon de savoir qu’elle pouvait compter sur elle.

Il était 5 heures de l’après-midi quand elle quitta sa chambre. Alors, sans hésiter, Jill se glissa de nouveau sous la couette et se réfugia dans le sommeil pour atteindre ce que les enfants appellent le pays des rêves où tout devient possible.

13

NINE ÉTAIT LA SEULE DE LA BANDE à être majeure et à posséder sa chambre indépendante dans le "bateau". C'est pourquoi la petite fête de retour de Jill à l'Institut fut organisée chez elle entre midi et 2 heures, avec John et Ada. Sur un titre des Red Hot Chili Peppers, groupe préféré de La Puce, Jill leur raconta tout son périple en détails, mais surtout ses rêves en images ou plutôt SON rêve en images.

— Et c'est toujours la même scène ? interrogea John en croquant dans un choco.

— À peu près, précisa Jill, mais ma vision est de plus en plus précise. C'est comme si mes yeux pouvaient zoomer sur des détails. Je suis à un carrefour, les voitures vont et viennent autour de moi et j'adore leurs couleurs. Je ne suis pas flippée comme d'habitude, juste tranquille, prête à traverser. À ma gauche se trouve un kiosque à journaux, le marchand a une barbe et affiche un air bourru. Depuis deux jours, je distingue ce qu'il dit. Il dispute un client qui veut acheter un magazine avec un billet de cent euros.

J'entends aussi une femme derrière moi gronder son petit garçon qui n'arrête pas de jeter son ours en peluche de sa poussette. L'ours est rouge, la maman brune et le petit a de grands yeux bleus.

— La vache ! C'est hyper précis ! Moi, mes rêves sont toujours sans queue ni tête, interrompit John.

— Je croise le regard du petit garçon qui me sourit comme pour me rendre complice de son petit jeu avec sa mère, poursuivit Jill très concentrée comme si les images de son rêve se déroulaient devant elle. Ensuite… je traverse la rue, les mains dans les poches, super décontractée. J'adore ce moment ! Je traverse et je regarde la boutique de fleurs face à moi. C'est magnifique. Je respire toutes ces fleurs et je m'attarde sur chacune d'entre elles. Ça fait comme un paysage. Et puis je distingue une affiche de théâtre sur une colonne Morris, avec le nom de ma mère écrit en gros. Le bruit est intense comme aux heures d'affluence à Paris, je me retourne parce que j'entends un coup de frein et…

— Et après ? interrogea La Puce.

— Je me réveille. Le rêve s'arrête là.

— C'est dingue ! Et tu te vois dans le rêve ? demanda Nine.

— Non, je ne me vois pas. Je suis un témoin, c'est tout, comme si j'étais un chef opérateur qui filme une scène à 360 degrés et qui parfois zoome sur un visage, un détail.

— Ça fait flipper, ton truc. Tu crois que c'est de la voyance ? De la prémonition ? Une scène de ta vie passée ? questionna John, visiblement inquiet.

— On peut oublier le souvenir de sa vie passée, objecta Nine avec une pointe de reproche dans la voix.

Elle en voulait à John d'avoir parlé de sa peur du phénomène, alors que Jill était encore fragile et choquée par tout ce qui lui arrivait. Elle adopta une attitude très distanciée et se lança tout de suite dans l'analyse des faits pour comprendre ce qui se passait plutôt que de se laisser déborder par l'angoisse.

— Jill voit les affiches de la dernière pièce de sa mère, poursuivit-elle, preuve que son rêve est ancré dans une réalité d'aujourd'hui.

— Ce qui est d'autant plus bizarre, nota Jill, c'est que pour une fois à la maison, personne n'a pris le temps de me décrire cette affiche. Personne. Ni mon père, ni ma mère, ni Isadora. Jusqu'à il y a cinq jours, j'ignorais complètement à quoi elle ressemblait.

D'ailleurs, après avoir rêvé du nom de sa mère sur les affiches, Jill leur raconta qu'elle était directement allée réveiller Isadora pour en avoir le cœur net. Elle avait alors demandé à sa petite sœur de vérifier si les détails qu'elle lui décrivait étaient bien ceux de la publicité de *La Cerisaie* avec Anne Le Bellec. Tout était parfaitement exact, dans les moindres détails. Même les couleurs. La description de l'affiche qu'elle avait vue en rêve collait parfaitement à la réalité.

— Tu crois que tes visions de nuit ont un rapport avec le mec qui a été agressé devant toi ? osa demander Ada.

— J'en sais rien, soupira Jill. Je suis hyper heureuse de voir ces images et, pour la première fois de ma vie, hyper couche-tôt : à 9 heures je suis au lit. Mais, d'un autre côté, John a raison, c'est vraiment *strange*. Je n'ai pas du tout envie que l'âme de ce mec soit rentrée dans mon corps ou un truc du genre…

— À propos, intervint Nine pour couper court à la fantasmagorie ambiante, je n'ai rien trouvé sur ce que tu m'as demandé.

Aucune bagarre de quartier n'avait été relayée dans la presse. Rien sur un certain Boby ni Mo, ce qui d'après La Puce paraissait évident : en général les truands ne racontaient pas leur vie sur Facebook. Par contre, elle avait déniché un article sur l'accident de Jill dans *La Gazette des amis du 20e arrondissement.*

— On trouve de tout sur internet, constata La Puce, avant de pianoter à toute vitesse sur son ordinateur, le nez presque collé à l'écran.

Et Nine ouvrit la page dédiée à l'article, avant d'actionner la synthèse vocale.

— Vas-y, Joz, raconte-nous la vraie vie de l'aventurière Jill Le Bellec !

Et celui qu'ils appelaient “Joz” entre eux, autrement dit le synthétiseur vocal Jaws, leur traduisit auditivement ce qui était inscrit à l'écran. Nine avait réglé un débit audio infernal, de sorte que seules les personnes habituées à la synthèse vocale pouvaient suivre la voix robotique et très saccadée du logiciel.

— “Accident ou suicide ? Une jeune aveugle de seize ans est tombée de la grille du parc de Belleville, dans la nuit du jeudi 15 février. La jeune femme a pu appeler à l'aide grâce à son portable, les secours sont arrivés vers minuit trente…”

— Grâce à moi, oui ! interrompit Ada. C'est moi la sauveuse, ils auraient pu citer mon nom !

— Chut ! ordonnèrent les trois autres amis en même temps.

— "… les blessures restent légères. D'après les témoignages, la jeune fille aveugle s'était lancée dans une petite balade de nuit et avait grimpé sur les grilles, pour s'amuser. Un jeu dangereux avec un si lourd handicap."

— Lourd handicap ! Dans le genre plombant, c'est lui qui est lourd, interrompit encore Ada.

— "A-t-elle eu peur ? Était-elle avec d'autres amis ? A-t-elle voulu en finir avec la vie ? Il faut rappeler que le suicide est une cause de mort majeure chez les jeunes et particulièrement chez les jeunes handicapés. On peut s'interroger sur la responsabilité des parents qui, pendant ce temps, s'amusaient chez des amis."

— Pour qui il se prend, ce journaliste ? Un saint, un juge ? De quoi je me mêle ! s'indigna Jill. Mes parents n'ont rien à voir là-dedans. Une suicidaire… N'importe quoi ! C'est lui qui devrait se pendre de travailler dans un journal aussi minable !

Elle se mit à se balancer sur sa chaise, le blindisme envahissait son corps comme chaque fois qu'elle s'ennuyait ou se sentait mal à l'aise. Ada lui prit les mains pour la calmer.

— Laisse tomber, conseilla son amie. Je suis sûre que personne ne lit ce torchon de quartier. Il n'y a que Nine pour débusquer de telles infos, conclut-elle avec un regard de reproche.

— Alors, qu'est-ce qu'on peut faire pour t'aider ? demanda John, visiblement chamboulé par tout ce qu'il venait d'entendre.

— Rien, répondit Jill. Juste attendre de voir ce qui va arriver… ou ce qui va m'arriver, conclut-elle d'une voix blanche.

Sur ce, la sonnerie qui signalait la reprise des cours retentit, ce qui fit sursauter Ada, malgré elle. Dans le poids du silence qui s'ensuivit, Jill perçut parfaitement la tension extrême qui avait envahi la chambre de Nine. Chacun était englué dans ses pensées, face à une situation qui les dépassait. Ils eurent du mal à reprendre le fil de leur journée scolaire. Comment expliquer ces visions nocturnes, alors que Jill ne rêvait plus en images depuis des années ? Était-ce un message de l'esprit de l'homme agressé ? Le mec depuis l'au-delà allait-il l'obliger à le venger de Mo et de Boby ? Était-ce une explication ? Ou le rêve allait-il finir par la conduire vers l'homme blessé qui n'était peut-être pas mort ? Les questions se chevauchaient dans la tête des quatre adolescents et ils auraient pu passer le reste de l'après-midi à gamberger si Ada, une fois de plus, ne les avait ramenés vers la réalité.

— Bon, on va éviter de tomber dans les croyances obscurantistes à deux balles, lança-t-elle en se relevant du lit de Nine où ils étaient assis. Je crois qu'on déteste tous les superstitions douteuses qui rôdent autour de notre handicap. L'aveugle clairvoyant ou celui qui porte-bonheur comme la bosse du bossu, merci, je passe !

— Chez moi en Afrique, c'est plutôt l'inverse, souligna John en se relevant à son tour. Nous, les albinos, on porte la poisse et on nous tue parfois dès la naissance… comme si nous représentions le diable en personne… C'est vraiment dégueulasse.

— On est d'accord sur ce point, conclut Nine. Moi aussi je déteste ces vieux trucs débiles de sorcellerie autour de notre malvoyance. Un jour, une vieille femme a voulu jouer au loto ma date de naissance, tout cela parce que j'étais bigleuse et que d'après elle, j'étais un "cadeau du ciel". Lourd ! Franchement lourd !

— OK, conclut Ada. Alors, on se serre les coudes autour de Jill, et ON GARDE LA TÊTE FROIDE. Interdit de lire du Stephen King en ce moment !

— Du quoi ? interrogea John qui n'avait jamais entendu ce nom. The King ? Le chanteur avec la banane ?

Une méprise totale du jeune homme qui provoqua les rires moqueurs des trois filles, quittant le couloir étroit du "bateau" pour rejoindre les salles de cours.

14

COMME TOUS LES SAMEDIS MATIN, le père de Jill la réveilla vers 8 heures pour se rendre à la piscine. Depuis que sa fille avait perdu la vue, il s'était acharné à lui faire pratiquer de nombreux sports pour permettre à son corps de prendre toute sa place, même dans un monde opaque. Habituellement, Jill aimait la natation mais, depuis ce que ses parents nommaient "l'incident", elle n'y était plus retournée. Il la réveilla en plein rêve et Jill ne put s'empêcher de lui en vouloir. Jamais SON rêve n'avait été aussi limpide que cette nuit, et de nouveaux éléments lui étaient apparus, ou plutôt un nouvel élément.

— Papa, je suis fatiguée, laisse-moi dormir, s'il te plaît, maugréa-t-elle en s'enterrant sous la couette.

— Non, pas question, ma fille ! Les médecins me donnent raison : il ne faut pas que tu te replies sur toi-même. Le mouvement c'est la vie, Jill, crois-moi.

— On ira une autre fois… je dois dormir !

— Tu passes ton temps à dormir en ce moment ! Ce n'est pas bon, ma chérie. Debout ! On part dans une demi-heure.

Quelques minutes plus tard, Jill posa un pied à terre malgré elle, avec une seule envie : retourner dans son rêve. Revoir en songe des visages lui procurait une joie intense, même si ces derniers lui demeuraient étrangers. Elle appréciait particulièrement le nouveau personnage de cette nuit, un jeune garçon aux yeux noir profond qui courait dans les rues, vêtu d'un sweat bleu roi. Il fuyait ou poursuivait quelqu'un ; en tout cas il courait sans prendre garde aux voitures ni aux passants du carrefour parisien. Plus tard dans son rêve, elle avait entendu sa voix. C'était comme s'il râlait en ramassant un paquet de feuilles sur le trottoir, il s'en voulait, il disait quelque chose comme : "Je ne vais pas y arriver, c'est un cauchemar." Ce nouveau personnage lui donnait envie de retourner dans son rêve. Mais son père l'attendait pour cette maudite piscine ! Alors, elle fonça vers son armoire, l'ouvrit et utilisa son détecteur de couleurs pour choisir des vêtements assortis. Depuis qu'Isadora fouillait dans ses affaires et bouleversait son rangement pour lui emprunter des fringues, elle préférait vérifier chaque couleur. Elle enfila un jean et un pull bleu marine, puis fila vers la cuisine, d'un pas décidé.

— Papa, j'ai pas envie de nager ce matin ! insista-t-elle en s'asseyant à sa place.

— Si on faisait du sport uniquement quand on en avait envie, Jill, les JO n'existeraient pas.

— Mais je ne suis pas une sportive de haut niveau, papa ! s'indigna-t-elle. J'en ai marre d'être un chien savant qui doit toujours mieux faire que les autres. Je suis fatiguée de passer mes journées à relever des challenges. M'habiller, me brosser les dents, me coiffer correctement, mettre la table du petit déjeuner, me rendre à l'école sans me faire écraser, trouver la bonne info sur internet ou un bouquin transcrit en braille : chaque minute de ma vie est une épreuve. C'est épuisant, je te jure, papa. Alors, je pense que j'ai le droit de ne pas avoir envie de me taper deux kilomètres en crawl le samedi matin.

Le père de Jill en resta sans voix. Il prit conscience à cet instant que sa fille était aussi une adolescente. Une vraie ado rebelle qui avait envie de tout plaquer et réclamait le droit de glander, se bâfrant de sucreries toute la journée sur un canapé pour fuir son avenir et ce monde des adultes si complexe. Il s'en voulut de l'avoir oublié. Une fois de plus, le handicap avait pris toute la place. Elle avait raison, et sa maturité le surprenait. Elle aussi avait droit à l'amusement, à la balade entre copains et aux premiers baisers amoureux. Il servit le chocolat pour deux, lui indiquant où se trouvaient la tasse, le beurre, le pain sur la table, puis il s'assit face à elle et l'observa.

— Papa, qu'est-ce que tu fais, là ? Tu peux me répondre, s'il te plaît. J'aime pas quand tu ne dis rien… dit Jill, explorant la table du bout des doigts, à la recherche de la tartine et du couteau à beurre.

— Je te regarde. Tu es une très jolie jeune fille. Tu as raison, Jill. Aller nager avec son vieux père à 9 heures du matin, un jour de week-end, ce n'est vraiment pas conseillé à seize ans. Je te vois toujours comme mon bébé… Alors, je suis d'accord, tu peux éviter cette corvée, mais je refuse que tu passes ta journée à dormir. Trouve une alternative !

Jill n'eut pas longtemps à réfléchir. Elle avait une dette envers Ada. Une dette pas désagréable à honorer. Ce genre de moment qu'elle adorait passer avec sa meilleure amie.

— Shopping fringues avec Ada, ça te va comme alternative ? lança-t-elle vivement, le sourire suspendu à sa tasse de chocolat chaud.

— Ça va me coûter cher ? plaisanta son père.

— Non, il me reste de l'argent de mon anniv.

— Alors, c'est accordé. Tu veux que je te dépose ou tu prends le bus ?

— Je prends le bus. Ce n'est pas parce que je ne veux pas nager que j'abandonne pour autant mon autonomie.

Le père et la fille savourèrent leur petit déjeuner complice. Il ne cessa de la dévisager. Si jolie, si décidée. Étonnante, lumineuse. Il l'admirait. Dans le silence matinal de cette cuisine, il n'était plus le père ultra protecteur d'une enfant handicapée, mais simplement celui d'une adolescente comme les autres, en route vers sa vie de femme… Finalement, il en éprouva un immense soulagement. Il vit dans le désir d'émancipation et de liberté de Jill la preuve qu'elle allait parfaitement bien. Et quand il la regarda partir quelques heures plus tard avec du gloss sur les lèvres et du fard à joues, il se dit simplement que désormais, il fallait la laisser avancer seule… Garder un œil sur elle bien sûr, mais la laisser se cogner à la vie, au risque qu'elle se blesse de nouveau.

15

LE JEUNE GARÇON DU RÊVE DE JILL devint très vite le personnage principal de la matinée. Entre tops, slims, vestes en jean délavé, shorts et collants, les deux filles ne parlaient plus que de lui.

— Tu crois qu'il existe, ton beau gosse au sweat bleu ? demanda Ada, jouant les funambules sur une paire de talons d'au moins dix centimètres.

Elle colla son bout de nez au miroir pour juger de l'effet des échasses sur son allure.

— Je veux qu'il existe ! répondit Jill, qui elle avait flashé sur des boucles d'oreilles en forme de goutte d'eau, qu'elle ne cessait de caresser du bout des doigts.

Les deux amies adoraient toucher à tout dans les magasins. C'était leur façon d'apprécier un vêtement, surtout pour Jill qui ne pouvait se le représenter autrement que par une exploration tactile. Les vendeuses, de leur côté, n'appréciaient pas vraiment cette manie. Plus d'une fois, elles s'étaient fait rappeler à l'ordre, mais Jill était très douée pour retourner la situation à leur avantage. Parfois, quand cela l'arrangeait, elle savait se retrancher derrière son handicap. En tout cas pour le shopping… Quand une vendeuse s'approchait d'elles pour les houspiller, Jill déployait aussitôt sa canne telle une baguette magique pour lui rabattre le caquet. C'était assez efficace et, très souvent, les responsables de la boutique les laissaient mettre le bazar, par pitié sans doute, pensaient les adolescentes. C'était bien la seule compassion que Jill tolérait.

Ada finit par investir dans sa paire d'escarpins haut perchés qui faisaient "clac clac" quand elle marchait. Jill, elle, suspendit ses deux gouttes d'eau opalines à ses oreilles et elles sortirent dans la rue, fières de leurs achats, se mettant aussitôt en quête d'un salon de thé pour déjeuner.

Les adolescentes déplièrent leur canne et commencèrent à balayer le trottoir côte à côte. Si Ada voyait encore un peu et pouvait sortir sans sa canne pour les petits trajets qu'elle connaissait bien, il en était autrement en plein cœur de Paris où le danger pouvait surgir à chaque instant. Considérée par les autres comme une non-voyante dès qu'elle se servait de sa canne, Ada pouvait toutefois les observer derrière ses lunettes noires et capter leurs regards soutenus et parfois gênants. Une aveugle, ça fichait déjà la trouille, alors deux, n'en parlons pas ! D'autant plus quand ces deux aveugles se mettaient à glousser ou à téléphoner. *Des aveugles heureuses de vivre : quelle honte, messieurs, mesdames ! Quelle horreur !* C'est ce que pensaient les deux filles : que les voyants avaient peur d'elles et qu'ils avaient bien du mal à réaliser qu'on pouvait être en même temps aveugles, ados, mignonnes et insolentes.

Alors, souvent, pour éviter de penser à ces regards d'apitoiement, elles forçaient un peu leurs rires comme pour hurler au monde que, derrière leur handicap, c'étaient deux filles en pleine santé qui marchaient. Deux filles qui avaient envie de plaire aux garçons.

Elles étaient à peu près arrivées à la hauteur de la bouche de métro Odéon quand le phénomène se produisit.

Au départ, Ada ne remarqua pas le changement de comportement de son amie, tant elle concentrait son attention sur la circulation. Le boulevard Saint-Germain est l'un des plus dangereux de Paris, voitures et deux roues débouchent de partout, ne respectant pas toujours la signalisation. Ada, avec sa vision en tube, avait bien du mal à balayer suffisamment l'espace alentour pour éviter qu'elles se fassent renverser. Plantée sur le trottoir avec son amie depuis cinq bonnes minutes, elle s'apprêtait à demander de l'aide quand Jill lui pressa le bras.

— T'as entendu ?

— Quoi ? répondit Ada. On entend tout et rien ici, il y a trop de vacarme.

— Chut ! Écoute !

Ada se tut sans trop comprendre ce qu'elle pouvait percevoir de particulier dans le brouhaha ambiant.

— La maman et son petit garçon ! Ada… Elle vient de lui demander de ne plus jeter son ours de la poussette : exactement comme dans mon rêve. Regarde si tu la vois !

Jill lui indiqua que les voix provenaient de derrière elles sur la droite. Ada se retourna et distingua effectivement une maman à genoux devant la poussette de son enfant qui lui remettait son ours sur les genoux.

— Je la vois, Jill… L'enfant joue avec son ours en peluche.

— De quelle couleur ?

— Rouge. La dame est brune et le petit a les yeux clairs comme dans ton rêve. Mais c'est peut-être un hasard…

— Regarde si à droite tu vois un kiosque à journaux et de l'autre côté du boulevard un fleuriste. Regarde !

Ada balaya la place, en effectuant un tour sur elle-même. Elle confirma la présence d'un kiosque à journaux. S'agissant du fleuriste, l'autre côté du boulevard était bien trop flou pour qu'elle puisse distinguer une quelconque boutique.

— Chut ! Écoute… vers le kiosque, ordonna Jill, extrêmement concentrée.

Elles entendirent le marchand de journaux râler sur un client parce que ce dernier n'avait pas la monnaie et le client se rebiffer de façon agressive.

— Il va dire : "Vous pourriez être aimable, c'est vous le vendeur, moi je peux aller ailleurs… C'est vraiment le monde à l'envers !" précisa Jill à voix basse, comme médusée par ce qu'elle était en train de vivre.

Ada tendit l'oreille et en effet le client prononça ces phrases mot pour mot. Les adolescentes en restèrent sans voix.

— Ada, je crois qu'on est dans mon rêve ! Ou que mon rêve est la réalité, reprit Jill, livide.

Ada accusa le coup, elle aussi, mais reprit vite ses esprits. Elle agrippa le bras de son amie fermement pour l'encourager à ne pas se laisser aller.

— OK. Pas de panique. Qu'est-ce qui se passe après dans ton rêve ?

— Je peux vous aider à traverser ? proposa un jeune homme, à la voix claire et assurée qui les fit sursauter.

— Non ! Merci. Vous ne voyez pas qu'on discute ? lui répondit Ada très sèchement.

— Si, si, mon amie plaisante, rectifia Jill en souriant dans la direction du garçon. C'est très aimable à vous. Nous allons de l'autre côté du boulevard Saint-Germain.

— Comment dois-je m'y prendre pour vous conduire ? s'enquit encore le garçon, se sentant un peu gauche dans sa mission de faire traverser deux jeunes malvoyantes en même temps.

Ada, touchée par la maladresse sincère du jeune homme, s'en voulut d'avoir repoussé son aide de façon si peu élégante et pour se racheter le prit par le bras en souriant. Elle crut bon d'ajouter avec une pointe de coquetterie :

— Je vois encore un peu, vous savez, mais ce carrefour est vraiment très encombré.

Jill, elle, avait autre chose en tête que de draguer un passant aimable. Elle voulait simplement atteindre l'autre rive du boulevard, car c'est là d'après ses souvenirs que devait émerger l'adolescent au sweat bleu roi. Les images se chevauchaient dans sa tête. Elle se souvint des diapositives de son enfance que son père projetait sur le mur blanc de leur salon. Une image en chassait une autre. C'était exactement ce qui se déroulait dans son cerveau à cet instant. Elle eut soudain une perception extrêmement précise de l'endroit où elle se trouvait et de l'action qui allait se jouer.

Arrivée du bon côté du boulevard, elle remercia rapidement le jeune homme, attrapa Ada par le bras et la força à se concentrer sur la scène qui allait se dérouler devant elles d'une minute à l'autre.

— Attends, il me plaisait bien ce garçon… se rebiffa Ada en le regardant s'éloigner. Stylé…

— Ada, je ne rigole pas, c'est pas le moment de draguer. Je suis en train de vivre mon rêve. Alors, concentre-toi ! Dans quelques minutes, on devrait entendre une voiture piler et une femme crier : "Oh, mon Dieu ! il a failli se faire écraser !" Dès ce moment, il faudra que tu repères le garçon au sweat bleu. Il devrait surgir de derrière un bus, à notre gauche.

— Et après, qu'est-ce que je fais ?

— Tu le photographies…

Ada eut à peine le temps de sortir son téléphone de sa poche qu'elles entendirent effectivement un coup de frein violent, suivi de la panique d'une femme :

— Oh, mon Dieu ! il a failli se faire écraser !

Ensuite, tout s'accéléra. Ada lança un juron quand elle découvrit le jeune garçon décrit quelques heures plus tôt par son amie.

— Jill ? Il est là. Je le vois. Il est comme tu as dit… et il vient vers nous.

Un sweat bleu roi, un garçon brun, les yeux noirs, apeuré. Jill avait raison : elle avait bien rêvé la réalité. Exactement cette réalité qui se déroulait sous leurs yeux malades. Il était temps de comprendre pourquoi et surtout dans quel but.

16

LES FILLES EURENT À PEINE LE TEMPS DE RÉAGIR que le garçon fonça droit sur elles. Ada ne put prendre qu'une seule photo avant d'enserrer le bras de Jill pour l'alerter du danger. Allait-il leur parler ? Les agresser ? Ada retint son souffle, mais le jeune homme les dépassa et poursuivit son chemin d'un bon pas.

— Qu'est-ce qu'il fait, là ? s'enquit Jill, qu'Ada n'avait jamais sentie aussi nerveuse, contrairement à l'état serein qu'elle avait décrit dans son rêve.

— Il s'engage dans un passage couvert. Cour de Rohan… Là où il y a le salon de thé qu'on adore. Qu'est-ce qu'on fait, Jill ? C'est quoi la suite de ton rêve ?

— On le suit, Ada. On le suit ! Il devrait faire tomber des feuilles de papier, je crois, mais la suite du rêve est floue… C'est à ce moment que je me suis réveillée ce matin à cause de mon père… Allez, on fonce…

Jill agrippa le bras de son amie qui essaya de la guider du mieux qu'elle le put au travers de la foule très compacte, perchée sur ses talons aiguilles. Elles slalomaient au milieu des gens qui n'arrêtaient pas de les bousculer et d'égrener leurs excuses :

— Oh, pardon… je ne vous avais pas vues…

Jill était extrêmement concentrée. Le menton tendu vers l'avant comme si elle voyait le jeune garçon qu'elles poursuivaient. Elle ne savait pas pour quelle raison, mais elle se sentait connectée à lui comme si elle le connaissait, comme s'il avait toutes les réponses à ses questions. Elle n'avait qu'une idée en tête : comprendre pourquoi elle avait rêvé de lui et se retrouvait réellement sur sa route.

— Tu l'as toujours en vue, Ada ?

— À peine, j'ai du mal à le suivre. Il marche super vite. Il vient de tourner à droite…

— On accélère ! ordonna Jill.

Et Ada fit son possible pour guider son amie sans tomber, oscillant la tête de bas en haut pour éviter de trébucher sur des obstacles au sol. Elles serpentèrent ainsi dans un dédale de rues et de passages, prenant parfois des risques inconsidérés, traversant la route un peu trop rapidement. Ada pensait avoir perdu leur cible quand elle l'aperçut au loin discuter avec un autre homme dans une ruelle un peu plus calme.

— Il s'est arrêté, murmura-t-elle à son amie, tout en reprenant son souffle.

— Qu'est-ce qu'il fait ? demanda Jill, le nez toujours pointé vers lui.

— Il est avec un adulte. Je ne vois pas ce qu'ils font. Ils sont trop loin.

— Zoome sur eux avec ton portable !

Ada zooma le plus possible et n'obtint rien d'autre qu'une vague impression de bagarre. Les deux ombres qu'elle distinguait semblaient se fondre pour ne former qu'un seul corps.

— Je n'y vois rien !

— Retire tes lunettes noires ! Fais quelque chose… Je t'en supplie, ordonna Jill, qui ne maîtrisait plus sa nervosité.

— Je ne peux pas, Ada, il y a trop de lumière, ça fait un mal de chien. Mais on dirait que ça chauffe entre eux. On dirait que l'adulte tient l'ado par le cou.

Jill ne réfléchit pas longtemps. Il fallait y aller. Agir. Savoir ce qui la reliait à ce garçon au sweat bleu. Alors, elle proposa à son amie de passer devant eux, mine de rien. Qui se serait méfié de deux aveugles ?

— Ça sent encore la galère, ne put s'empêcher de penser Ada à voix haute, avant d'emboîter le pas à son amie, têtue comme une mule, qui ne l'attendait même pas.

Plus elles approchaient, plus elles percevaient l'échange verbal entre les deux hommes, effectivement plutôt musclé. Le plus âgé semblait menacer l'adolescent.

— Tu me fais perdre mon temps, gamin ! Donne-moi tes papiers d'identité ! ordonna l'homme sur un ton sec et sans appel.

Jill nota un léger accent du Nord. Un chti ?

— Quoi ? Mais pourquoi ? interrogea le jeune homme. Aïe ! Vous me faites mal.

Le garçon avait une voix douce et grave comme dans son rêve, mais avec un débit précipité.

Il a peur, pensa Jill. Elle en déduisit que cela s'envenimait, alors elle accéléra sa démarche et évita de justesse une moto mal garée sur le trottoir. Puis s'ensuivirent des menaces plus violentes.

— Écoute-moi bien, Louis Martin, dit l'homme à l'accent chti. Je garde ta pièce d'identité. Je te la rendrai quand tu m'apporteras la marchandise. Je n'aime pas qu'on se foute de ma gueule…

— J'avais peur de me faire voler, se défendit le jeune garçon.

— Je te paierai ce que ça vaut, gamin. C'est moi qui te recontacterai. Par contre, si tu cherches à me doubler, je te tue. Pan, pan dans ta jolie caboche.

Jill distingua ensuite le bruit d'un corps qui chutait lourdement sur le sol, puis les pas d'un homme se dirigeant dans sa direction. Il la croisa et ralentit légèrement en la dépassant. Elle fit exprès de lui donner un coup de canne pour avoir le temps de l'observer à sa façon.

— Excusez-moi ! lança-t-elle, n'obtenant pour toute réponse qu'un vague grognement de l'homme, suivi d'un crachat quelques mètres derrière elle.

Il poursuivit sa route d'un pas rapide. Elle eut le temps de capturer une odeur d'eau de Cologne ambrée, de tabac froid et de moisissure. Une odeur de paperasse humide. Il devait travailler dans une administration, ou une librairie de livres anciens, quelque chose comme ça. Cachée derrière ses lunettes noires, Ada quant à elle put distinguer que le type était grand, carré, blond, barbu, et portait une sorte de casquette grise. Jill attendit encore de ne plus entendre les bruits de pas pour s'enquérir de la présence du garçon au sweat bleu.

— Vous êtes blessé ? dit-elle en s'arrêtant à peu près à la hauteur où elle estimait que la conversation avait eu lieu.

— Laisse tomber, il n'y a plus personne, fit Ada. Il a filé, ton beau gosse.

— Merde ! ne put s'empêcher de lancer Jill, qui avait encore les jambes qui tremblaient.

Les deux filles s'assirent un instant sur un muret pour reprendre leur respiration. Elles avaient l'impression d'avoir brusquement été projetées dans une série policière. Le genre de feuilletons américains qu'elles adoraient regarder ensemble en mangeant du pop-corn.

— Toi t'es habituée, lança Ada essoufflée. Pas moi. Ça fout méga la trouille, tes plans foireux. J'ai cru que mon cœur allait cesser de battre.

— Je n'y suis pour rien cette fois, précisa Jill. C'est mon rêve qui m'a conduite là, pas moi.

— Tu l'as reconnu, le truand ?

— Non, je suis certaine que le type à l'eau de Cologne n'était pas l'un des deux types de Belleville. Aucun n'avait cet accent chti.

— Et le beau gosse ?

— C'est celui de mes rêves, j'en suis certaine ! J'ai reconnu sa voix, ça fait bizarre, c'est comme si je le connaissais, comme si je lui avais déjà parlé, répondit-elle dans un frisson. Peut-être que c'était lui aussi que les autres tabassaient à Belleville, mais cette nuit-là, j'ai juste entendu crier, supplier, précisa-t-elle en se frottant les yeux comme pour effacer ces hurlements de sa mémoire. Si c'est lui, il a dû faire des conneries pour être ainsi menacé…

— En tout cas, connerie ou pas, voyou ou pas, tu avais raison : il est vachement mignon, Louis Martin, lança Ada, réussissant enfin à décrocher un sourire.

Louis Martin, se répéta Jill mentalement.

En plus des images qu'elle avait dans la tête, s'ajoutaient désormais un nom et un prénom. Le reste lui échappait complètement. Encore sous le choc de l'aventure qu'elles venaient de traverser, les deux adolescentes mirent un certain temps à regagner la réalité. Une fois de plus, c'est Ada qui sut tirer Jill de ses pensées qui continuaient de galoper derrière le garçon au sweat bleu.

— Bon, je pense que deux décisions s'imposent, dit-elle en se levant. Primo : mettre John et La Puce sur le coup pour enquêter sur l'affaire Louis Martin. Deuzio : aller déjeuner, je crève de faim.

Jill la suivit en silence, s'enfermant une fois de plus dans ses réflexions. Qu'est-ce que signifiait ce rêve prémonitoire ? Était-elle dotée de nouveaux pouvoirs, et pourquoi ? Tout cela lui faisait peur et, en même temps, lui procurait une sorte de picotement au creux du ventre qu'elle n'avait encore jamais éprouvé. Elle ne s'était jamais sentie aussi vivante, avec le pressentiment qu'elle avait quelque chose à accomplir. Une mission ? Sauver quelqu'un ?

— Je crois que toi et moi, on forme un duo de choc, lança Ada. Un super duo de flics bigleuses ! annonça-t-elle à la façon des bandes-annonces de films américains : *L'une ne voit rien, sauf dans ses rêves prémonitoires, l'autre voit peu, mais suffisamment pour prendre des photos, telle une taupe dans un panier de crabes. À elles deux : aucun mystère du genre "Louis Martin" ne leur résiste.*

Elle la fit rire une fois de plus même si, en son for intérieur, Jill ne pensait qu'à une seule chose : rêver encore de lui et le rejoindre la nuit suivante.

17

Le lendemain, en salle de classe lors de l'intercours du déjeuner, John, Nine et Ada avaient le nez collé sur l'écran d'ordinateur. Ils visionnaient de près les photos qu'avait prises leur amie, tentant de saisir un détail qui aurait pu les éclairer. Des images floues, un visage perdu au milieu de taches de couleur et déformé par le mouvement. Rien de très probant à part la certitude qu'il était effectivement réel et beau gosse, ce qui rendit John jaloux. Pendant ce temps, Jill avait saisi *Louis Martin* dans le moteur de recherches et obtenu 22 millions d'occurrences. Elle trouva des Louis Martin champions de basket, de natation, des médecins, des scénaristes, mais aucun garçon de seize ans qui avait fait une connerie. Alors, elle précisa sa recherche, multipliant les critères de sélection : *Louis Martin + ado. Louis Martin + Paris + ado. Louis Martin + ado + délinquant.* Elle n'obtint rien de sérieux. La voix métallique de Joz lui glissait dans les oreilles quantité d'informations qui n'avaient rien à voir avec celui dont elle avait rêvé. Qui était ce garçon ?

Pourquoi se sentait-elle attirée par lui ? Et pourquoi diable n'avait-elle pas rêvé de lui cette nuit ? L'idée de ne plus jamais voir d'images la faisait terriblement souffrir. Elle releva encore dans les pages blanches que 118 Martin résidaient dans le 6e arrondissement proche du quartier de l'Odéon et 238 dans le 20e, là où elle avait assisté au règlement de comptes. Était-ce lui qui s'était fait agresser au parc de Belleville ? Elle n'avait que peu de choses sur lui : quelques photos floues et le souvenir de sa voix apeurée face à l'homme à l'eau de Cologne ambrée.

— Alors ? demanda-t-elle, espérant obtenir une réponse cartésienne de la part de ses copains.

— On ne voit pas grand-chose… précisa La Puce.

— Le type marchait super vite, se défendit Ada pour excuser la mauvaise qualité de ses clichés.

— Zoome ! Zoome sur celle-là, demanda John à La Puce.

Effectivement, ils purent obtenir en zoomant le regard du garçon : sombre et apeuré, tel que leur avait décrit Jill. Mais absolument aucune autre piste.

— Ça correspond à la scène de ton rêve, mais qu'est-ce que cela prouve ? demanda La Puce. Que tu as des super-dons de voyance ou de prémonition !

— Ah, non pitié, pas ça ! pria Ada.

— Moi, je crois que vous vous êtes trompées de cible, les filles, opposa John.

— Qu'est-ce que tu veux dire ? demanda Ada.

— Que vous avez couru derrière le plus beau mec du rêve de Jill. Normal : vous n'êtes que des filles… qui courent après les garçons sans réfléchir…

— Oh, l'autre ! s'exclama Ada.

— Tu t'es déjà pris un ordinateur portable sur la tête, espèce de macho ? menaça La Puce en brandissant le sien à bout de bras.

— Il a raison, réfléchit Jill à voix haute. On s'est peut-être trop précipitées. Peut-être que mon rêve était censé me mener sur les traces de la maman et de son petit garçon, ou du marchand de journaux, ou encore du client rabat-joie. Louis Martin n'a peut-être rien à voir avec moi. C'est peut-être un simple figurant… murmura-t-elle avec une pointe de déception.

John considéra cette analyse comme "sage" et "pragmatique". Ça l'arrangeait. Un peu jaloux, il préférait que celle qu'il aimait s'éloigne des beaux garçons. D'un commun accord, les trois amis pensèrent qu'ils n'avaient pas assez d'éléments pour comprendre ce qui arrivait à leur camarade, alors une fois de plus ils s'en remirent au temps. Les rêves de Jill allaient bien finir par "parler" et les mettre sur une piste plus probante. La Puce, de son côté, avait déjà effectué quelques recherches sur le sens et l'analyse des rêves. Aussi se fit-elle une joie de leur en lire quelques passages.

— Les rêves visuels et sensoriels ont généralement lieu pendant la phase de sommeil paradoxal, expliqua-t-elle. On l'appelle ainsi car, dans cette phase, le cerveau est physiologiquement peu tonique et paradoxalement l'activité cérébrale est intense, en pleine effervescence, un peu en mode John quand il pense à Jill.

— Lâche-le, pria Jill en saisissant la main de John comme pour excuser le manque de délicatesse de sa copine.

Elle savait qu'il l'aimait, elle ne pouvait l'empêcher même si elle n'avait rien d'autre à lui offrir que son amitié. Jill détestait quand Nine ou Ada se moquaient de l'amour de John. Jill détestait qu'on se moque de l'amour en général. Elle s'en faisait une haute idée, comme un sentiment précieux.

— Le rêve incarne parfois une émotion du réel, mais il classe les informations autrement, poursuivit Nine. Il réinvente des décors, des personnages, pour faire passer des messages ou des idées qu'on ne réussit pas à clarifier dans la vraie vie. D'ailleurs, mon prof de physique nous a raconté que pas mal de scientifiques ont rêvé leurs théories avant de les écrire, c'est le cas d'Einstein, mais aussi du Russe Dimitri Mendeleiev qui a carrément rêvé de façon hyper précise sa table de classification des éléments en fonction de leur poids atomique. Les rêves nous permettent de mieux comprendre nos pensées, nos recherches, mais ils nous éclairent aussi sur nos peurs, nos joies et la partie la plus cachée de notre être. Dans beaucoup de cultures, observer la nature profonde de ses rêves est une façon de mieux se connaître et de mieux connaître le monde. D'après Freud…

John à ce moment ne put s'empêcher de siffler pour souligner l'aspect "intello" et un peu "gonflant" du compte rendu de Nine. Une façon de se moquer d'elle et de se venger de son dernier coup bas.

— Oui, je sais, John, tu vas avoir du mal à suivre… renchérit La Puce dans un sourire moqueur.

— Mais détrompe-toi, chère amie, j'ai lu les *Cinq leçons sur la psychanalyse*, moi ! répliqua John du tac au tac. Ce n'est pas parce que je ne suis qu'un apprenti accordeur-facteur de piano et que je ne connais pas M. Stephen King que je suis un idiot…

— Ça va vous deux ! stoppa Ada qui en avait assez de leurs chamailleries puériles.

— Bon, poursuivit Nine, en recollant son nez à l'écran qui affichait le texte grossi à l'aide de la loupe électronique. Pour Freud, disais-je, le rêve est l'expression d'un désir et nous jugeons souvent nos rêves absurdes pour rejeter ce qu'ils nous apprennent sur nous-mêmes : on se censure. Les psychanalystes aident les personnes à interpréter leurs rêves dans un but curatif. Ils leur permettent de "découper" ce qu'ils voient pour tenter de trouver du sens. La personne peut alors relier certains éléments du rêve à un souvenir, une émotion… et comprendre ce que veut lui dire son rêve.

— Et est-ce que tu as des données sur l'interprétation des rêves ? s'enquit Jill, très intéressée par l'exposé de son amie.

Nine avait effectivement trouvé quantité de sites internet qui se targuaient de façon plus ou moins marchande d'interpréter tous les symboles des rêves, mais La Puce préférait rester prudente sur ce sujet. Elle avait noté le nom et une citation d'un célèbre psychanalyste, le docteur C. G. Jung, qui mettait en garde contre une explication trop évidente et formatée des rêves.

— Voilà ce que dit Jung, lut-elle avec sérieux : "Il est tout à fait stupide de croire qu'il existe des guides préfabriqués et systématiques pour interpréter les rêves, comme si on pouvait acheter tout simplement un ouvrage à consulter et y trouver la traduction d'un symbole donné. Aucun symbole apparaissant dans un rêve ne peut être abstrait de l'esprit individuel qui le rêve et il n'y a pas d'interprétation déterminée et directe de nos rêves*."

— Autrement dit, conclut Jill un peu désappointée, personne d'autre qu'un psy ne peut m'aider à comprendre mon rêve. Mais je n'ai aucune confiance dans la psychologue que j'ai vue à l'hôpital. Elle me prenait pour une débile qui ne pense qu'aux garçons et qui a peur de grandir…

— Pour les garçons, elle n'avait pas tort, releva Ada avec humour.

— Laisse tomber la psy, conseilla John, si elle apprend que ton rêve s'est vraiment déroulé, elle va en parler à tes parents et on va les avoir sur le dos. On sera bloqués pour enquêter.

Et tous en convinrent : les visions nocturnes de Jill ne feraient qu'inquiéter les adultes, surtout s'ils apprenaient qu'elles se réalisaient.

— Et les chamans ? T'as noté des trucs sur le chamanisme ? interrogea John qui se souvint d'avoir vu un reportage sur les chamans de certaines tribus d'Amérique du Sud, capables d'agir sur leurs rêves en s'y replongeant volontairement.

Nine n'avait rien de ce côté, alors ils effectuèrent la recherche ensemble, tous très excités par ce monde du dedans qu'ils n'avaient jamais pris le temps

* C. G. Jung, *L'Homme et ses symboles*, Robert Laffont, 1964.

d'explorer. Tous rêvaient plus ou moins chaque nuit. Parfois ils se souvenaient de leurs rêves, parfois non, mais aucun d'entre eux ne s'était encore jamais interrogé sur le sens de ces images, de ces bruits, de ces impressions nocturnes qui vous laissent parfois bouleversé ou terrifié au petit matin.

Juste avant la reprise des cours, voici ce qu'on put entendre dans la classe où les trois amis s'étaient réfugiés pour leurs recherches sur internet. La voix robotique de Joz les brancha en liaison directe avec les croyances chamaniques des Indiens d'Amérique :

— "La spiritualité a toujours occupé une grande place dans les tribus amérindiennes. Pour eux, les grands rêves proviennent du monde des esprits, qu'ils considèrent comme le vrai monde. Ils créent des passerelles entre notre réalité et celle du monde des esprits. Les grands rêves sont indélébiles, et tellement « vrais » qu'ils se confondent parfois avec la réalité, comme des souvenirs. Écouter ses grands rêves permet d'avoir des informations sur soi ou sur le reste du monde, il peut s'agir d'information vitale ou d'une rencontre avec un esprit allié…"

— C'est clair que le tien est un hyper grand rêve ! Il est carrément réel, souligna Nine.

— Louis Martin est peut-être un "esprit allié", du genre "âme sœur" ou un truc du genre ? poursuivit Ada. C'est vrai que son visage a quelque chose d'un Amérindien avec ses grands yeux noirs et son nez un peu pointu.

— Bon Ada, on peut écouter la suite ? interrompit John, que cette idée d'âme sœur et d'esprit allié dérangeait.

— “Les chamans ont la capacité de comprendre ces rêves, mais aussi de voyager intentionnellement dans leur rêve pour le modifier si nécessaire. Pour ce faire, ils utilisent des chants, des rites sacrés ou des plantes psychotropes.”

— Psychotrope, c’est-à-dire de la drogue ? s’enquit Jill.

— Oui, des plantes hallucinogènes… précisa John.

— Merde ! jura Ada, en refermant brusquement l’ordinateur. Jill, je t’interdis d’avaler ou de fumer de la drogue pour retrouver Louis Martin ! Oublie tout de suite les psychotropes !

— Ça va, je ne suis pas débile, s’insurgea Jill en souriant à son amie pour la rassurer.

— Si, tu es débile ! Parfois tu es même complètement timbrée, glissa Ada que Jill enserra affectueusement pour la rassurer.

— Je ne toucherai jamais à la drogue ! Juré craché ! Même pour rejoindre en rêve un garçon charmant…

— Bon, le mieux serait de noter tes rêves, c’est ce qu’ils conseillent sur le site pour réussir à trouver une logique, conseilla Nine.

— Petit à petit, on va bien finir par y voir clair, souligna John. La lumière, les enfants… La lumière est devant nous ! annonça-t-il sur un ton de prédicateur fou, ce qui une fois de plus fit rire les filles.

18

La nuit suivante, Jill ne nota rien.

Celle d'après non plus, et ainsi de suite. Ses visions avaient cessé. De nuit comme de jour, elle était de nouveau plongée dans ce marron opaque. La vie avait un goût d'amertume. La colère laissa place à une profonde tristesse. Jill errait désormais dans les couloirs de l'Institut, mollement, la tête basse, lasse comme si elle avait été soudainement privée de ses forces vitales. John, Nine et Ada faisaient leur possible pour lui remonter le moral, mais cela ne servait à rien. L'affaire "Louis Martin" piétinait faute de nouveaux éléments. Les quatre amis n'avaient pas réussi à deviner de quelle sorte de "marchandise" parlait le type à l'eau de Cologne ambrée, ni pourquoi Louis avait eu peur de se la faire voler. De quel trafic pouvait-il bien s'agir dans le 6e arrondissement qui n'était pas connu pour être une planque de délinquants, mais l'un des plus chic, touristiques et intellectuels quartiers de Paris ? Jill refusait de croire que Louis puisse être un vulgaire dealer de shit. Il devait s'agir d'autre chose, de forcément autre chose. Il avait dû être obligé de faire affaire avec ce sale type à l'accent chti.

Jill ne cessait d'y penser au point de retomber malade. Après une semaine sans aucun nouveau rêve, elle développa des symptômes qui inquiétèrent ses parents. Elle vomissait, s'évanouissait, avait des bouffées d'angoisse et des crampes à l'estomac. Ils lui firent passer une batterie d'examens qui s'avéra négative. Jill traversait une période de turbulence psychologique et les médecins lui prescrivirent du repos. Elle dut rester au lit sous la surveillance étroite et alternée de ses parents. C'est ce qu'elle souhaitait. Dormir, rêver. Ne plus grandir. Ne plus penser à l'avenir, rester au chaud et retrouver le doux visage apeuré de Louis Martin.

— Les sens de votre enfant sont endoloris, avait constaté le médecin de famille. Elle traverse une période de dépression qu'il ne faut pas prendre à la légère sans toutefois vous inquiéter outre mesure. Il faut être patient. Ça va aller... Elle a peut-être repris les cours trop tôt après le choc de son accident...

Dominique n'exigeait plus rien de sa fille. Il se contentait de la regarder dormir, impuissant face à l'état de mal-être de son enfant qui errait tel un zombie dans les longs couloirs de leur appartement. Plus aucun rire ni éclat de voix ne sortait de sa bouche. Jill n'était plus qu'une ombre, et l'âme de la maison semblait elle aussi s'être s'évanouie. Même Isadora n'osait plus se moquer de sa sœur. Le silence s'était installé.

Au bout du dixième jour de sommeil sans rêves, Jill passa à l'acte. Elle voulait à tout prix atteindre l'autre monde, celui que les chamans considéraient comme supérieur. Elle voulait retourner dans son "grand rêve" indélébile, si proche de la réalité. Elle voulait voir et comprendre. Alors, elle avait ouvert l'armoire à pharmacie et y avait trouvé les somnifères que sa mère utilisait parfois avant une première pour faire taire le trac et réussir à dormir. Sur internet, elle avait tapé le nom du médicament écrit en braille sur la boîte et obtenu très facilement l'usage et sa posologie : *Un demi-comprimé le soir au coucher. Réservé aux adultes et uniquement sur avis médical.*

Faisant fi des contre-indications, elle avait avalé un demi-cachet, qui peut-être l'emporterait comme les chamans, du côté des grands esprits et de la "vraie réalité du monde". Du côté de Louis Martin. Et elle s'était effondrée d'un coup pour se réveiller le lendemain matin sans réponse, mais avec un goût pâteux au fond de la bouche. Elle se sentait lourde, énorme, pachydermique. Lourde comme un roc, comme un bloc de bêtise et d'angoisse. Qu'était-elle en train de faire ? Allait-elle perdre la raison ? Joz lui annonça de sa voix sans âme qu'elle venait de recevoir un nouveau message sur son ordinateur portable. C'était Ada :

— *Salut ma belle*, ânonna le logiciel vocal. *Je t'envoie une photo de Louis Martin. Je sais que ça te fera plaisir. Bises de nous trois.*

Jill sourit à la douce attention de son amie et imprima la photo. C'était vrai, ça lui faisait plaisir. Elle caressa le papier sans visage et déposa la photo sur son oreiller. Elle tenta de penser à lui, espérant obtenir une connexion. En vain. Ses parents lui apportèrent son petit déjeuner au lit. Il était plus de midi.

— Nous allons au cinéma avec maman. Est-ce que tu crois que tu peux rester seule avec Isadora ? lui demanda son père en lui saisissant affectueusement la main.

Elle fit un effort considérable pour se relever et afficher un visage enjoué. Elle ne voulait plus les inquiéter, plus jamais.

— Bien sûr, tout va bien. Je me sens mieux aujourd'hui, mentit-elle. Je crois que je vais travailler mes cours.

Elle rassura ses parents, qui partirent inquiets, s'autorisant toutefois une petite sortie en amoureux. Ils en avaient besoin, elle le devinait.

Quand elle entendit la porte d'entrée se refermer derrière eux, elle ouvrit sa table de nuit et se saisit de la boîte de somnifères. Elle était consciente de la stupidité de son geste mais elle était incapable de faire marche arrière. Incapable d'en parler à ses parents. Incapable d'appeler au secours. Elle s'endormit en pensant à lui.

19

— JILL ? HOU HOU ! JILL ? JILL !

— C'est bizarre qu'elle dorme si profondément en plein après-midi, fit remarquer Ada à La Puce. John, appelle sa sœur…

— Isadora ! C'est normal que Jill ne se réveille pas ? interrogea l'adolescent en entrant sans frapper dans la chambre de la petite sœur de Jill.

— J'en sais rien, admit Isadora. Ça fait des jours et des nuits qu'elle dort, c'est franchement barbant. Une sœur bigleuse c'est déjà pas drôle, une dormeuse, c'est encore plus nul. Elle ne joue plus avec moi !

Devant le visage inquiet de John, la petite quitta son lit pour rejoindre la chambre où sa sœur ne bougeait plus. Livide comme une morte, le corps inerte entre Nine et Ada qui tentaient de la réveiller en lui assénant des petites tapes sur les joues.

— Habituellement quand on entre dans sa chambre, elle se réveille, elle a le sommeil hyper léger, précisa Isadora d'un air apeuré.

Jill entendait vaguement au loin des voix qui ne lui semblaient pas étrangères. Nine, Isadora, John… Elle planait, sentant le vent lui caresser le visage. Elle éprouvait un sentiment de bien-être, bercée par ces voix amicales. Elle reconnut le parfum d'Ada et tendit ses bras pour l'enserrer. L'embrasser. La sentir contre son épaule comme un petit chat.

— Putain, je vous l'avais dit de ne pas lui parler des chamans et de leurs champignons hallucinogènes… lança Ada en secouant Jill comme un prunier pour tenter de la réveiller. Je suis sûre qu'elle a pris des trucs pour agir sur ses rêves ! Il y a une boîte de médicaments sur sa table de nuit…

— Il faut lui mettre la tête sous l'eau ! proposa John en glissant sa main sous la tête de Jill. J'ai déjà vu ça dans des films… Il faut la réveiller à tout prix si elle a avalé des cachets.

Aidé par Ada, il la porta jusqu'à la salle de bain, la déposa dans la baignoire, avant d'ouvrir le jet à grandes eaux.

— Quoi ? Qu'est-ce qui se passe… Arrête ! Arrête, gémit Jill avec une voix pâteuse, se débattant très mollement dans la baignoire, comme si ses gestes étaient au ralenti.

Elle reçut une gifle cinglante. Une douleur vive et profonde qui lui rappela celle de sa mère. Cela lui remit un peu d'énergie dans le corps.

— Ça, c'est pour ne pas avoir tenu ta promesse, cria Ada.

— Ça va pas… mais qu'est-ce que tu fous, là, Ada ? répondit Jill, réalisant enfin qu'elle se trouvait tout habillée dans un bain glacial.

— Je te sauve la vie une fois de plus, espèce de débile ! hurla son amie en l'aidant à se relever. Mais je te préviens, Jill, cette fois c'est la dernière… ajouta-t-elle, avant de reprendre son souffle sur le bord de la baignoire.

Elle avait eu peur. Ils avaient tous eu peur de perdre leur amie, alors qu'ils étaient juste venus lui proposer une balade surprise.

À l'Institut, la menace de la mort régnait en permanence. Il suffisait d'une absence prolongée pour que les ventres se tordent. L'élève allait-il revenir ? Allait-il survivre à son nouveau traitement de chimiothérapie ou à sa maladie génétique rare ? Ils avaient tous appris à vivre avec cette chape violente et effrayante au-dessus de leur tête, mais cela ne les empêchait pas d'avoir peur. On ne s'habitue pas à la mort, même quand on l'a côtoyée de très près.

— C'est grave ? Je dois appeler papa et maman ? Ils sont partis au cinéma… demanda Isadora, complètement perdue au milieu des copains de sa sœur, entassés autour d'elle dans la salle de bain.

— Non, ça va aller, rassura Nine qui prit aussitôt en charge la petite apeurée, en l'invitant à l'aider à préparer un thé bien fort pour Jill.

John prit l'initiative d'éponger le sol de la salle de bain qu'ils avaient littéralement inondée et Ada d'aider Jill à se sécher. Elle tremblait des pieds à la tête et son amie s'occupa d'elle avec tendresse et délicatesse.

— J'ai encore déconné, murmura Jill en la serrant de toutes ses forces, le nez enfoui dans ses cheveux épais. Je voulais dormir, tu comprends ? Retrouver le monde des voyants, retrouver ce mec… avoua-t-elle dans une cascade de sanglots.

— Je sais, je sais… Ça va aller. Mais il faudrait peut-être que tu arrêtes d'écouter Amy Winehouse… conseilla Ada, ce qui décrocha chez Jill un petit rire nerveux.

Après quelques tasses de thé bien corsé et quelques gâteaux secs, Jill reprit un peu du poil de la bête. Elle admit avoir avalé deux somnifères pour tenter de retourner dans son rêve. Cela devenait obsessionnel. Elle ne pouvait se résoudre à oublier ce qu'elle venait de vivre. Elle se sentait prisonnière entre deux mondes, comme dans une salle d'attente. Elle perdait la tête.

John, Ada et Nine l'entourèrent de toute leur affection et surent la convaincre de les rejoindre du côté des vivants et du monde réel.

— Nous, on est là, Jill ! lui dit Ada en lui empoignant fermement les deux mains. On a besoin de toi. Tu es notre championne, notre modèle. Ça fait des mois que tu me prends la têtc pour quc jc n'abandonne pas mes études trop vite : comment je ferais sans toi ?

— Tu vas préparer ton diplôme de masseuse. C'est bien aussi, prononça Jill d'une voix lasse. Je ne veux plus être une championne qui fonce sans savoir où elle va. Je ne sais pas où je vais… Je ne sais plus… avoua-t-elle dans un souffle. Toi, tu sais ce que tu veux faire, Ada, et je n'ai pas à te juger…

— Il faut que tu retrouves l'envie de vivre, Jill ! insista Nine. On va t'aider à comprendre ce qui t'arrive. C'est pour ça qu'on est venus. On a eu une idée…

Et ses trois amis lui exposèrent leur plan : retourner sur le lieu de l'apparition de Louis Martin, vers la bouche du métro Odéon, pour tenter de trouver des traces, des indices sur ce garçon.

— On te propose de faire le tour des facultés du Quartier latin, poursuivit Ada. C'est un quartier étudiant, Louis fait peut-être médecine, langues orientales ou pharmacie. On va consulter les listings d'inscription, on ne sait jamais.

Cette idée saugrenue épuisa Jill par avance, elle ne se sentait pas à la hauteur d'un tel périple.

— Je suis fatiguée, dit-elle, tentant de se recoucher. Allez-y sans moi !

Elle allait reposer sa tête sur l'oreiller quand Ada l'empoigna énergiquement et s'adressa à elle avec une voix froide et colérique qu'elle ne lui connaissait pas.

— Écoute-moi bien, Jill ! Tu vas arrêter tout de suite tes conneries et pour de bon ! Il est où, ton courage, là ? Elle est où, la Jill qu'on aime ? Reste avec nous, ne lâche pas prise, on a tous besoin de ta force ici. Les rêves ne sont pas la réalité et si tu veux retrouver Louis Martin, c'est dans la rue qu'il faut aller, pas sous la couette.

Ada avait raison. Elle perdait pied. Son sommeil n'était qu'une fuite et il ne résolvait rien. Elle accepta.

— Je le connais, lui ! lança Isadora, pointant son index sur la photo de Louis Martin qui traînait encore sur l'oreiller de Jill.

— Comment ça, tu le connais ? demanda John.

— Bah, oui, je l'ai déjà vu, ce garçon, reprit la gamine en empoignant la photo de Louis Martin avec ses doigts pleins de Nutella.

— Où tu l'as vu ? demanda Jill avec un regard halluciné.

— J'en sais rien, répondit Isadora, apeurée devant l'insistance de sa sœur. Je sais plus où, mais je l'ai déjà vu. Dans un magazine ou au parc ou devant l'école ou au théâtre ou au cinéma…

— Laissez tomber, ma sœur est une mytho, reprit Jill en s'accrochant aux bras d'Ada et de Nine pour se relever.

La tête lui tournait.

— Vous allez me laisser toute seule à la maison ? s'enquit Isadora avec un regard de chien battu. Vous avez tort. Moi j'ai dix sur dix à chaque œil. Un regard de lynx ça peut vous être utile dans votre enquête de mirauds.

— Ta sœur est une peste, mais elle n'a pas tort, releva John en enserrant affectueusement le cou de la petite.

Ils quittèrent donc ensemble l'appartement pour filer en métro vers le boulevard Saint-Germain. À leur retour, les parents de Jill trouvèrent un mot écrit maladroitement par Isadora : *Je suis partie prendre l'air avec Nine, Ada et John. Tout va bien. Isadora est avec nous.*

Anne et Dominique Le Bellec se regardèrent en silence, expirèrent dans un souffle commun et s'enlacèrent avec force. Leur fille venait de renaître à la vie, une fois de plus, mais pour combien de temps ?

20

ELLE FRISSONNA lorsqu'elle retrouva l'atmosphère du boulevard Saint-Germain. La scène avait eu lieu plus de deux semaines auparavant et pourtant, elle gardait en elle chaque détail de ce moment fou vécu avec Ada. Ensemble, elles avaient vu son rêve devenir réalité et Louis Martin traverser sa vie à la vitesse d'un homme en fuite. Que cherchait-il ? Pourquoi avait-il eu peur d'apporter la marchandise ? Pourquoi disparaître si vite ?

— Imaginez que Louis fasse du trafic d'organes à la fac de médecine ? Genre docteur Frankenstein ? dit John en éructant un rugissement bestial. Ça expliquerait qu'il ait eu peur d'apporter le troc avec lui. Un fœtus en bocal, ça ferait mauvais genre dans le quartier…

— Si c'était le cas, on lui achèterait un nouveau cerveau pour toi, pauvre dingue ! persifla Nine en donnant un petit coup d'épaule taquin dans le dos du garçon.

Puis elle s'interrompit une fois de plus pour répondre à sa hotline.

— Une urgence ! Désolée… La Puce, j'écoute… Je vous rejoins, leur lança-t-elle en leur faisant signe de continuer leur route sans elle.

Un élève de l'Institut venait de s'acheter un téléphone, elle allait l'aider à actionner sa vocalisation comme elle l'avait déjà fait avec une bonne trentaine de camarades.

— Je reste avec toi, décida Isadora qui adorait Nine mais aussi tous les jeux vidéo qu'elle possédait sur son téléphone.

Jill confia Isadora à son amie et se dirigea avec Ada et John vers la fac de médecine dans le but de consulter les listings des première et seconde années. Si Louis Martin était étudiant dans le quartier, ils finiraient bien par l'apprendre.

La secrétaire voyant arriver droit sur elle ces trois jeunes non voyants en rang d'oignons avec leur canne et leurs lunettes noires fut un peu surprise et impressionnée. La première image qui lui vint fut celle des *Men in black*, mais elle se ravisa vite et s'en voulut d'avoir souri. Le métier de médecin était par nature inaccessible aux non-voyants et elle eut peur que les jeunes n'en soient pas conscients. Elle ne se sentait pas de les repousser, aussi fut-elle presque soulagée quand John évoqua une pseudo-recherche généalogique pour consulter les listings d'inscriptions. Ils étaient en quête d'un certain Louis Martin.

— C'est un nom assez courant, nota-t-elle en lançant sa recherche informatique.

— C'est le moins qu'on puisse dire, souligna Ada dans un murmure mutin. Un Victor Kachbernak aurait été plus simple à traquer dans Paris et sur le net qu'un Louis Martin.

Jill était suspendue au bras de son amie, lasse, dans l'attente d'une éventuelle bonne nouvelle qui pourrait lui redonner le goût de vivre. Elle avait encore la bouche pâteuse et ses jambes avaient du mal à supporter son poids pourtant très léger depuis quelque temps. Elle se sentait extrêmement frêle.

Malheureusement, la réponse fut négative : aucun Louis Martin n'était enregistré à cette faculté. Ils firent de même à la faculté dentaire et de pharmacie avant de rejoindre bredouilles le banc où ils avaient laissé Nine et Isadora. Pas de trace de Louis et plus de traces des deux filles non plus. Elles avaient levé le camp.

— Je suis certaine qu'elles sirotent un jus de fruit quelque part en jouant aux jeux vidéo, lança Jill pendant que John appelait Nine sur son portable.

— Elle est sur messagerie, conclut-il en raccrochant. Et si on en profitait pour montrer la photo au marchand de journaux et à la fleuriste ? Eux aussi faisaient partie de ton rêve. Tout est peut-être lié ?

Jill et Ada approuvèrent. Ils se dirigèrent donc vers le kiosque et Jill fut troublée en reconnaissant la voix peu aimable d'un des figurants de son rêve. Grand, costaud, barbu, elle aurait pu dessiner le marchand de journaux. C'est Ada qui prit les opérations en main :

— Excusez-moi, ma copine a eu un coup de cœur pour ce garçon. Vous le connaissez, il habite le quartier ? demanda-t-elle en tendant la photo de Louis tachée de chocolat.

— Non, ça ne me dit rien mais, vous savez, des gars comme lui, j'en vois tous les jours avec le nombre d'étudiants qu'il y a dans le coin, grogna le commerçant.

Ils repartirent vers la boutique de fleurs pour s'entendre répondre :

— Désolée, ça ne me dit rien. Vous savez, les étudiants de nos jours ne m'achètent plus tellement de fleurs. Le romantisme se perd…

— Que dites-vous, chère madame, opposa John avec un phrasé très aristocrate. Moi, je suis un romantique. Je prendrais quatre cents roses roses ! Car oui, madame, il y a quatre femmes dans ma vie… et peut-être cinq si vous acceptiez sur-le-champ de m'épouser.

La verve du jeune garçon amusa la commerçante qui, pour le féliciter de son panache, lui offrit une rose. Au sortir de la boutique, il coupa sa tige et accrocha la fleur à la boutonnière de Jill. Elle l'accepta avec sourire, avant de recevoir un SMS sonore. C'était Nine.

On est aux Beaux-Arts. Rappliquez ! On l'a repéré.

Elle sentit ses forces se dérober, mais Ada lui prit le bras d'un air décidé ; il fallait y aller ! John mit en fonction son GPS sur son portable, saisit *École des beaux-arts* et les trois adolescents se laissèrent conduire par la voix synthétique du logiciel de géolocalisation :

— *Au feu, tournez à droite. Tout droit… Tout droit…*

Jill se sentait chancelante. Elle avait du mal à se concentrer sur la route et percuta plusieurs fois des personnes sur son passage. Louis Martin était peut-être là, à quelques mètres, et l'idée de se retrouver face à lui ou de lui parler la terrorisait encore plus que de ne pas savoir qui il était. Qu'allait-elle découvrir ?

Elle se sentait moche, sale, encore malade et au bord des larmes au moment où ils retrouvèrent Nine et Isadora devant l'École des beaux-arts, courbées toutes deux sur un jeu vidéo du téléphone.

— Vous en avez mis, un temps ! leur reprocha La Puce en relevant la tête. Bon, on l'a repéré et on l'a suivi jusqu'ici !

— Oui, votre copain est passé juste à côté de nous, reprit Isadora toute contente de participer à cette filature qu'elle prenait pour un jeu de pistes entre grands.

— Et ? interrogea Ada.

— Et rien, dut admettre Nine. On a perdu sa trace devant cette école. Il marchait vite… et je n'ai pas voulu qu'Isadora lui coure après sans surveillance. Il portait son sweat bleu comme sur les photos, c'est comme ça qu'on l'a reconnu. Le type ne doit pas avoir beaucoup de fric pour porter toujours la même tenue…

D'un commun accord, ils décidèrent de rechercher des infos dans l'École des beaux-arts. Le garçon était peut-être dans le coin, il convenait de s'en assurer. Ada prit les opérations en main : John et elle iraient au service administratif pour vérifier si Louis faisait partie des étudiants inscrits, pendant que Nine, Jill et Isadora arpenteraient le hall et les espaces publics de l'école. Si Louis Martin était entré dans la bâtisse, il ne pourrait pas leur échapper.

— Et si on tombe sur lui, qu'est-ce qu'on lui dit ? demanda Jill, paniquée.

La réalité se rapprochait un peu trop d'elle après ces journées passées à l'écart du monde.

— Jill, enfin ! répliqua Ada. On… on lui demande… on lui dit qu'il faut qu'on lui parle, et le premier qui le voit appelle les autres en renfort.

Les deux groupes se séparèrent et Jill pénétra dans le hall au bras de sa sœur qui se faisait une joie de jouer à la "chasse aux garçons". Nine colla le nez sur une signalétique et lut : Médiathèque premier étage à droite.

— La médiathèque ? On y va ? Jill, tu viens ? demanda La Puce qui avait déjà commencé à monter l'escalier.

— Allez-y toutes les deux, je préfère vous attendre ici. Je suis un peu fatiguée…

— Tu es sûre ? insista Nine qui s'en voulait un peu de la laisser seule dans son état.

Jill balaya le sol du hall avec sa canne et se mit en quête d'un endroit pour s'asseoir.

— À cinq pas vers la gauche, tu as un banc, lui précisa Isadora qui avait l'habitude d'épauler sa sœur dans les lieux publics.

Puis elle agrippa le bras de Nine et s'engagea dans l'escalier.

Jill s'assit quelques instants. Elle avait le souffle court et priait presque maintenant pour qu'aucun de ses amis ne tombe sur Louis Martin. Elle ne se sentait pas vraiment prête à faire face à un nouveau choc. Pourtant, le destin en décida autrement. L'aventure se poursuivit malgré elle, l'emportant une fois de plus vers une nouvelle épreuve.

21

JILL RECONNUT SA VOIX IMMÉDIATEMENT. Louis Martin ramassait des feuilles de papier tombées d'une pochette à quelques pas du banc où elle s'était assise. Elle visualisa la scène qui ne se déroulait pas dans la rue comme dans son rêve, mais dans le hall des Beaux-Arts.

Après un moment de panique et une rapide énumération de toutes les possibilités, elle se ressaisit et admit qu'elle n'avait pas d'autre choix. Impossible de laisser passer une telle occasion, même si les battements de son cœur perforaient sa poitrine. Aussi se leva-t-elle du banc, avant de saisir sa canne et de se diriger vers le garçon. Il s'était excusé face à la personne qu'il avait percutée, puis il avait juré entre ses dents et à présent, il réunissait ses documents ne cessant de répéter :

— C'est pas vrai, je ne vais pas y arriver, c'est pas vrai, c'est un cauchemar.

Exactement les mêmes mots que dans son rêve. À distance, elle pouvait palper sa nervosité. Il respirait rapidement, pressé de tout rassembler dans le désordre, comme s'il voulait cacher ce qu'il avait malencontreusement laissé choir.

— Excuse-moi, lança-t-elle quand elle s'estima à bonne distance.

— Quoi ? répondit le garçon sans ménagement.

— Je cherche… l'administration. Tu peux m'aider ?

— Pas là, non, désolé, lança-t-il froidement.

Jill se demanda s'il avait pris le temps de relever la tête vers elle. Peut-être n'avait-il même pas fait attention à son handicap, trop concentré sur les papiers qu'il tentait de réunir. Elle aurait tant aimé le voir. Elle se souvint de son allure. Svelte, décoiffé, un peu sauvage. Les yeux noirs.

— Je ne suis pas pressée, osa-t-elle ajouter en se plantant devant lui.

— Moi, si, répondit-il en se relevant d'un coup.

Elle put sentir son haleine. Il était face à elle, proche, très proche, sans doute la regardait-il. Elle se sentit rougir. Elle se trouvait moche, ridicule, mal coiffée. Elle mit sa main sur son visage comme pour se cacher.

— Tu vas où ? finit-il quand même par lui demander.

— Au bureau des admissions.

— OK. Je t'y emmène.

Il lui saisit fermement le bras, la forçant à le suivre, et Jill fut tellement troublée par cette improbable rencontre qu'elle ne le stoppa pas pour lui signifier qu'il s'y prenait très mal. Elle se laissa guider dangereusement par ce garçon maladroit qui finit carrément par lui prendre la main. Elle fut troublée de sentir sa peau.

Une main douce mais ferme. Il l'impressionnait à tel point qu'elle n'osa pas non plus lui parler de son rêve. Elle s'offrit en silence cette minute lumineuse. C'était délicieux, inouï, surréaliste ! Elle aurait aimé se promener ainsi toute sa vie, dans n'importe quelle direction, suspendue au souffle précipité du garçon, main dans la main, épaule contre épaule.

— Voilà, c'est là. Bonne journée ! lui dit-il en lui lâchant la main.

— Merci Louis, osa-t-elle répondre, reprenant soudainement ses esprits.

— On se connaît ? répliqua-t-il un peu sèchement.

— Pas vraiment… Je voudrais juste t'aider. Je… je crois que tu es en danger…

— Salut ! se contenta-t-il de répondre après un bref instant d'hésitation, puis il disparut à toute vitesse comme un courant d'air dans un claquement de porte.

Jill demeura stoïque, statufiée face à ses camarades qui la retrouvèrent quelques minutes plus tard dans les couloirs de l'administration. Pour toute explication, ils n'obtinrent qu'un simple :

— C'était lui. C'était bien lui. Je viens de croiser Louis Martin.

22

LE SOIR MÊME, JILL SE REMIT À RÊVER EN IMAGES. En couleurs plus précisément. Il s'agissait de morceaux épars beaucoup moins signifiants que dans le premier rêve, mais elle retrouva le plaisir des contrastes et de la lumière.

Le lendemain matin, elle ouvrit son ordinateur et commença à consigner avec minutie tout ce qu'elle avait retenu. Désormais, le moindre détail pourrait l'aider à résoudre l'affaire Louis Martin. Elle avait décidé de reprendre le chemin de l'INJA et de se rapprocher de ses amis qui avaient été formidables avec elle. Elle n'était pas si moche cette vie, même dans le noir, ou plutôt dans ce marron opaque qui recouvrait sa vue d'un voile monochrome. Elle avait une famille aimante, une bande de copains solidaires et, surtout, elle avait parlé à Louis Martin. Elle avait même eu la chance de sentir sa peau, son souffle, sa peur aussi. Non, elle n'était pas si moche cette vie, et elle se reprocha son égoïsme. Ses amis avaient raison, il était temps de se reprendre. Sans leur soutien, elle n'aurait jamais eu le plaisir de marcher quelques instants intemporels au bras de celui qui hantait ses pensées. Et c'est pour ça qu'elle décida de consigner ses rêves au jour le jour, pour extraire de ce puzzle une réponse à ses questions : *Pourquoi lui ? Pourquoi moi ? Qu'est-ce qui nous relie ?* Désormais, elle refusait l'opacité et voulait cheminer vers la vérité.

L'enquête Louis Martin passa donc à la vitesse supérieure et Ada, John et Nine firent front pour l'aider à éclaircir ce mystère. Tous les midis, ils prirent ainsi l'habitude de squatter en douce la chambre de Nine, devenue un véritable QG d'investigation. Au mur, plusieurs photos de Louis, toutes plus ou moins floues, avaient remplacé les portraits de l'inventeur de Facebook. Comme dans les séries policières, La Puce avait accroché les pièces à conviction, c'est-à-dire les textes imprimés en gros caractères gras, issus du cahier de rêves de Jill. Si elle rêvait la réalité, une logique devait forcément émaner de tous ces morceaux d'indices et les conduire à Louis Martin.

Vendredi 15 mars
Des gouaches sur une table. Du rouge, du bleu, un orange profond. J'ai vu la mer aussi. Une mer agitée, grise.

Samedi 16 mars
Toujours ces couleurs, mais elles se sont mélangées. C'était comme un kaléidoscope. Je me souviens, papa m'avait acheté ça dans une boutique de souvenirs. Une petite lorgnette qu'on tournait et qui mélangeait les

couleurs. J'ai aussi vu le chiffre 4. Comme un numéro de rue.

Dimanche 17 mars
Toujours le chiffre 4 et cette mer grise. La mer du Nord ? La Bretagne ? L'Écosse ? J'ai cru apercevoir au loin un petit chalutier. Une mouette ? Je n'en suis pas certaine. Peut-être était-ce moi qui volais. En tout cas, la mer était houleuse. Et il y avait une petite cabane sur la plage. Une cabane rouge et vert.

Lundi 18 mars
J'ai vu du bleu. Du bleu et du rouge. Du blanc aussi. Une toile abstraite sans doute. Je me suis réveillée avec un titre : *Esquisse du vent 2*. Est-ce le nom du tableau ?

Mardi 19 mars
J'ai vu les yeux de Louis. Juste ses yeux qui me regardaient et qui m'imploraient de venir l'aider.

Le mercredi, quand ses amis vinrent la rejoindre dans sa petite chambre sous les toits, La Puce fut assez fière de sa trouvaille. À force de lire et relire les notes de Jill, elle avait eu une idée, effectué quelques recherches et cela avait payé.

— Je crois que je tiens une piste ! leur dit-elle avec excitation. Le titre *Esquisse du vent 2*, dont a rêvé Jill lundi, correspond à une vraie toile d'un certain Karl Maberger, un artiste allemand. En fait, c'est pas le peintre qui nous intéresse, mais sa toile. J'ai découvert qu'elle avait été volée lors d'une exposition organisée par le Frac*, exactement trois jours après l'accident de Jill et à peu près au moment où tu as commencé à rêver. Et devinez où ce tableau a été volé ?

— Aux Beaux-Arts ? tenta John.

— Non, dans un lycée. Notre cher Louis Martin est peut-être plus jeune qu'on le pensait, dit-elle dans un large sourire.

Jill ne tenait plus en place.

— On sait de quel lycée il s'agit ? s'enquit-elle, avant de fondre sur Nine à la vitesse d'une supernova.

— Eh oui. Flattez-moi ! Dites-moi que je suis géniale ! s'ébroua La Puce, fière de sa trouvaille.

— Ça me ferait mal au… tenta John avant de se faire bâillonner par la main de Jill.

— Tu es géniale, Nine, et toi aussi John, lança Jill en offrant une bise à chacun des deux larrons qui ne pouvaient s'empêcher de se chamailler.

Et Nine accepta de leur lire l'article de presse qu'elle avait déniché sur le web. L'article titrait : "Deux œuvres d'art contemporain volées dans un lycée parisien." Elle lut sur le ton des enquêteurs dans les séries policières quand ils mettent le doigt sur un nouvel indice, avec un mélange de retenue factuelle et d'excitation explosive.

— "Dans la nuit du 18 au 19 février, deux toiles de grande valeur ont été dérobées au lycée Bergson du 19e arrondissement."

* Les Fonds régionaux d'art contemporain (Frac) sont des institutions culturelles régionales qui ont pour mission la promotion de l'art contemporain ; ils organisent à ce titre des expositions temporaires dans les collèges et les lycées.

— C'est pas loin de chez moi ! interrompit Jill, de plus en plus impatiente. Ce qui explique peut-être qu'Isadora ait eu l'impression de reconnaître Louis.

— C'est peut-être un voisin… compléta Ada, en venant elle aussi se coller à Nine.

C'était comme si la vérité et Louis en personne allaient surgir de derrière l'écran d'ordinateur.

Et Nine poursuivit, le nez collé à l'écran :

— "Il s'agit de deux toiles du célèbre artiste allemand Karl Maberger, estimées à plus de 20 000 euros chacune. *Esquisse du vent 2* et *La Mer de mon enfance* avaient été prêtées à l'établissement par le Fonds régional d'art contemporain dans le cadre d'une exposition pédagogique temporaire. Le faible dispositif de sécurité du lycée explique la facilité avec laquelle les toiles ont été précautionneusement découpées au cutter et ôtées de leur cadre. La police penche actuellement plus pour un trafic d'art que pour une blague de potache estudiantine ou un acte délinquant isolé." Et patati et patati, conclut Nine, relevant fièrement le visage vers ses amis.

— Tu crois que Louis aurait volé les toiles ? interrogea Jill dans un frisson, en repensant à l'expression "acte délinquant isolé".

Le garçon de ses rêves avait tout d'un être isolé et son regard ténébreux laissait envisager le pire.

— Ça expliquerait son deal avec l'homme à l'eau de Cologne, ponctua John en se grattant les yeux pour mieux réfléchir. On comprend pourquoi il n'avait pas apporté la marchandise : 40 000 euros ! Ça fait un sacré paquet de pognon.

— Il risque la prison pour ça ? ne put s'empêcher de demander Jill comme si elle réalisait soudain que celui auquel elle pensait depuis un mois n'était peut-être pas la victime, mais le coupable.

Il risquait gros effectivement. Après une rapide visite sur le site internet du ministère de la Justice, les trois adolescents comprirent que si Louis Martin avait volé ces toiles avec effraction, il risquait jusqu'à sept ans de prison et une amende salée, car le bien dérobé faisait partie du patrimoine culturel. John se contenta de siffler et tout le monde se tut un long moment. Les pensées cavalaient et le mot complicité commença à pénétrer dans la chambre. Aider Louis s'il avait commis un tel délit, c'était prendre le risque de devenir son complice et *a fortiori* de se retrouver aussi en taule. Cela changeait la donne et Jill se sentit défaillir. Elle s'assit sur le lit de Nine, le visage enfoui dans ses mains avant de prendre sa décision. Une décision ferme. Une certitude absolue. Ce genre de résolution qu'elle n'avait pas prise depuis des mois. L'impression de maîtriser parfaitement sa vie et sa destinée. Jill Le Bellec la courageuse, l'endurante, la pugnace, la batailleuse était de retour. Elle se sentit pousser des ailes.

— OK, dit-elle en se relevant pour donner de la hauteur à ses propos. Je ne veux pas vous entraîner dans ce plan galère. Moi, je vais continuer à enquêter sur lui mais je préfère que vous laissiez tomber maintenant, c'est trop risqué. On ne sait pas ce qui nous attend…

— Pas question ! objecta Ada. Moi, je te suivrais jusqu'au bagne, ma vieille ! C'est ça une vraie amie.

— Moi aussi ! reprit John. J'ai pas envie que ce type te fasse du mal…

— *Idem !* De toute façon, pour l'instant, rien ne prouve que Louis ait dérobé ces toiles, affirma Nine. Et puis, j'adore enquêter. Ça ne fait pas de moi une complice, peut-être même qu'on va aider les flics, allez savoir ?

Malgré sa mise en garde, Jill obtint le soutien unanime de ses amis et le groupe d'investigation reprit aussitôt ses activités. La première réaction fut d'imprimer la reproduction des deux toiles dérobées et de les décrire à Jill pour savoir si elles correspondaient à certains éléments de ses rêves. Ce fut le cas pour *Esquisse du vent 2* qu'elle reconnut, contrairement à l'autre toile, *La Mer de mon enfance*, aux couleurs mordorées.

— Non, la mer que je vois est agitée et vraiment noire… comme les yeux de Louis, conclut-elle. Je penche plus pour la représentation d'un paysage de Bretagne ou de la mer du Nord…

La seconde décision fut votée à l'unanimité. Il fut prévu d'aller visiter au plus vite et en toute discrétion le lycée Bergson où les toiles avaient été dérobées, afin de vérifier que l'élève Louis Martin faisait bien partie des effectifs. Comme John et Nine étaient pensionnaires et moins libres de leurs déplacements, il fut convenu qu'Ada et Jill mèneraient l'enquête le lendemain même, pendant la pause déjeuner.

23

LES DEUX FILLES se sentaient observées de toutes parts. Arpentant les couloirs des locaux administratifs du lycée Bergson, bottes à talons aux pieds et canne blanche à la main, elles ne pouvaient s'empêcher d'imaginer les regards bifurquer immanquablement sur elles. Heureusement, elles avaient pris soin, sur une idée originale d'Ada, de se mettre du blush et un gloss orangé, ce qui leur donnait un peu plus confiance en elles. C'était fou d'ailleurs comme les regards faisaient du bruit quand on savait les écouter. Un soupir, un murmure, une démarche qui ralentissait, un objet qui tombait au sol traduisaient un regard surpris, une tristesse dans leurs yeux, cette gêne face au handicap. Jill se remémora le début de ses années collège, quand elle n'avait pas encore intégré l'INJA et qu'elle était la seule "handicapée" de l'établissement. Elle se souvenait de ce bruit permanent, de toutes ces choses qui lui échappaient et du sentiment d'incompréhension qui l'avait rongée certains jours tant elle avait l'impression de ne rien saisir de ce qui se jouait autour d'elle.

Elles poussèrent la porte du secrétariat général et Jill prit la parole d'une voix assurée.

— Bonjour. Je dois remettre un livre de cours à Louis Martin, je suis sa cousine. Vous pourriez me dire où je peux le trouver à cette heure ?

— Qui ? interrogea sèchement la secrétaire en sortant à peine le nez de derrière son écran.

— Louis Martin, si vous pouviez me guider, je suis non voyante.

— Ah, pardon, je n'avais pas vu... Enfin, je... Louis Martin, dites-vous ?

— Il doit être en salle de dessin, suggéra la seconde secrétaire. Il y est toujours fourré, ce gamin !

— Premier étage, troisième salle à droite, précisa la première secrétaire. Vous voulez qu'on vous aide ?

— Non, on a l'habitude, merci, répondit Jill dans un sourire aimable, avant de faire demi-tour et de pousser d'un coup de canne la porte battante.

— Si c'est pas malheureux ! De si jolis brins de filles, conclut une des femmes.

Cette fois-ci, Jill ne releva pas la réflexion, elle avait plus urgent à faire que de claquer le bec aux deux secrétaires. Louis Martin était dans le lycée, juste à l'étage du dessus.

— Qu'est-ce qu'on fait ? demanda Ada en remontant le couloir vers le hall central.

— On monte ! décida Jill sans hésiter.

Elle avait eu sa dose de mystère et, même si chaque nuit ses rêves en images lui apportaient une vraie respiration, elle avait hâte de connaître la vérité.

— T'as fait un rêve sur ce lycée cette nuit ? interrogea encore Ada.

— Non, j'ai rêvé d'un tunnel. Je le guidais dans le noir.

Elles arrivèrent devant la salle indiquée et poussèrent la porte. Ada décela une ombre au milieu des pots de peinture et des pinceaux. La salle était baignée d'un silence reposant. Un silence frais et prégnant comme celui d'une église.

— Je cherche Louis Martin, il est ici ? interrogea-t-elle dans la direction de l'ombre qui allait et venait au fond de la salle.

Jill avait le cœur au bord du précipice.

— Non, répondit enfin une voix féminine qui s'approcha d'elles. Louis est absent aujourd'hui.

— Il peint ? demanda Jill, presque soulagé qu'il ne soit pas présent.

— Il fait mieux que peindre, répondit une jeune fille à l'odeur de vanille. Louis est un génie, un futur grand artiste. Qu'est-ce que vous lui voulez ? s'enquit-elle avec une pointe d'agressivité.

De la jalousie, ne put s'empêcher d'analyser Jill.

— C'est un ami de mon frère... tenta Ada, dans une approche fébrile et des plus improvisées.

— Louis n'a pas d'autre ami que moi, affirma la jeune fille avec une pointe de fierté.

Elle doit être folle amoureuse de lui pour se montrer si glaciale. Une pensée qui déclencha chez Jill cette même colère protectrice qu'elle avait décelée chez la jeune fille. Elle aussi était jalouse.

— Écoute, lança-t-elle avec franchise. Louis est en danger, on est là pour l'aider. Alors, pas la peine de nous prendre de haut. On voudrait juste son adresse. Je crois que je peux l'aider à s'en sortir.

La jeune fille, surprise et piquée au vif, ne perdit pas pied pour autant.

— Primo, Louis va très bien, contrairement à ce que tu peux penser. Secundo, je ne vois pas en quoi tu pourrais l'aider, conclut-elle dans un minuscule rire sarcastique.

— Je vais te dire en quoi, reprit Jill, élevant la voix et s'approchant de sa cible.

— Jill, on y va ! tenta de s'interposer Ada en lui tirant sur la manche de son manteau, mais Jill était lancée.

La machine de guerre Jill était en route et son amie savait qu'elle ne pouvait plus l'empêcher de tout déballer.

— Je suis aveugle, au cas où tu n'aurais pas remarqué, poursuivit-elle avec froideur. Et depuis quelques semaines, je suis connectée dans mes rêves avec ton copain Louis. Je ne sais pas pourquoi, mais je rêve de lui, je vois son visage alors que je serais incapable de le reconnaître s'il passait devant moi. Je sais que des toiles ont été piquées dans ce lycée et je pense que Louis est lié à ce vol de près ou de loin. Alors, ou tu me donnes son adresse tout de suite ou je vais tout déballer aux flics, à toi de voir… Il faut que je lui parle, tu comprends ? Ce n'est pas une histoire de sentiment ou de sexe, si c'est ce qui te fait peur…

Dans le bus qui les ramenait vers l'Institut, Ada et Jill ne cessaient de se repasser ce moment en boucle et Ada de décrire le visage complètement décomposé de la jeune fille qui les avait prises de haut et qui avait finalement griffonné une adresse sur un morceau de papier.

— Tu aurais vu sa tête quand tu as parlé de sentiments et de sexe ! répétait Ada en éclatant de rire. Une tête de cachalot échoué sur une plage d'affamés !

Jill riait mais, à l'intérieur, ça tremblait encore. Ça vibrait de partout. Elle avait un but : retrouver ce garçon, lui parler, l'interroger et comprendre ce qu'il était venu faire dans sa vie. Le reste à présent lui importait peu. Une machine de guerre, Ada avait raison, son père avait raison. Jill avait un mental de championne mais, contrairement à tous les combats qu'elle avait entrepris dans sa jeune vie, celui qui s'annonçait ne mènerait peut-être pas à une victoire éclatante. Elle était parfaitement consciente que plus elle avançait vers Louis Martin, plus elle se sentait liée à lui par un sentiment fort. La colère qu'elle avait éprouvée face à la jeune fille à l'odeur de vanille le lui prouvait : elle était en train de tomber amoureuse. Comment était-ce possible ? Comment pouvait-on aimer un rêve ? une ombre ? une esquisse ? C'était puéril et digne des histoires à l'eau de rose qu'elle détestait. Pourtant, c'est ce qui lui arrivait et elle n'avait pas d'autre choix que de foncer tête baissée vers cette possibilité d'amour complètement fantasque.

Elle caressa l'adresse qu'elle avait glissée dans sa poche. 5, rue de l'Atlas dans le 19e. Louis Martin résidait à quelques rues de chez elle. Ils étaient effectivement voisins.

24

Le soir même, après les cours, les deux filles étaient plantées devant la porte de l'appartement de Louis Martin. Aucun bruit ne filtrait, et ni l'une ni l'autre ne se résolvait à appuyer sur la sonnette. Il fallait jouer serré et ne pas alerter les parents de Louis sur la possibilité que leur fils ait dérobé des tableaux de grande valeur. D'un autre côté, Jill craignait la confrontation avec Louis. Le garçon n'apprécierait sans doute pas qu'on se mêlât de ses affaires. Se souviendrait-il de leur première rencontre aux Beaux-Arts ? Allait-il l'envoyer balader avec ses rêves prémonitoires ?

— Qu'est-ce qu'on fait ? demanda Ada à voix basse. On ne va pas passer la soirée devant sa porte. Il gèle.

Et Jill pressa la sonnette, en attrapant au vol la main de son amie pour la serrer de toutes ses forces. Elles entendirent des bruits de lourds talons, un pas dynamique, mais singulièrement la porte s'entrouvrit sur une voix féminine frêle et douce.

— Oui, bonjour. C'est pourquoi ?

Seule Ada pouvait distinguer la personne, elle prit les devants immédiatement car ce qu'elle aperçut changeait complètement la donne. C'était sans aucun doute la mère du garçon et… elle portait un uniforme. Mme Martin était agent de police ! C'est pourquoi, contrairement à ce qu'elles avaient prévu, Ada prit la parole en premier, changeant brutalement leur scénario d'approche initiale.

— Bonjour, madame, dit-elle avec un grand sourire. Nous sommes deux étudiantes de l'Institut national des jeunes aveugles et nous réalisons dans le cadre d'un travail scolaire une étude de quartier sur le regard des jeunes sur le handicap. Avez-vous des enfants ?

— Oui, j'ai un fils de dix-sept ans, répondit la femme, en ouvrant plus largement la porte.

— Pourrions-nous lui poser deux, trois questions ?

— Bien sûr, mais il n'est pas encore revenu du lycée. Il ne devrait plus tarder maintenant. Voulez-vous entrer quelques instants, j'allais me faire une tasse de thé ?

— Non, nous repass…

— Si, si, c'est très gentil à vous ! s'interposa Jill qui ne pouvait se résoudre à rebrousser chemin si près du but.

D'ailleurs, elle ne comprenait absolument pas le changement de comportement de son amie.

Après une poignée de main franche, la femme les invita à entrer et les fit s'installer dans le salon. Elle s'excusa et les laissa seules quelques instants pour préparer le thé en cuisine. Jill sauta véritablement sur Ada, pour tenter d'obtenir des explications. C'était quoi ce nouveau plan ? Elles avaient prévu d'aller droit au but et de demander à parler à Louis, sans davantage d'explications.

— Elle est en uniforme de police, Jill ! susurra Ada. Sa mère est flic ! T'imagines le scandale si son fils a piqué les toiles… Il faut faire hyper gaffe à ce qu'on dit, les flics, ça mémorise tout : encore plus en détails que toi. Il vaut mieux rester à distance et dire qu'on ne le connaît pas.

— Merde ! se contenta de jurer Jill qui rejoignait Ada dans la méfiance. Tu n'aurais pas dû parler de l'INJA dans ce cas.

Le terrain commençait à être miné.

La femme revint avec un plateau chargé de tasses de thé et de petits gâteaux secs : elles étaient prisonnières de la situation et durent maintenir un semblant de conversation aimable et détachée en attendant le retour de Louis.

— Vous avez beaucoup de toiles à vos murs, fit mine de s'intéresser Ada pour tenter d'enquêter en douce sur le lien de cette famille avec les œuvres d'art.

— Mais, vous voyez ? s'étonna la femme. Je pensais que… à cause de vos lunettes noires sans doute…

— Je vois encore un peu, expliqua Ada, comme dans une longue-vue, j'ai une vision tubulaire, je vois assez mal de loin… La lumière du jour me fait souffrir, ce qui justifie mes lunettes. Jill, elle, ne voit plus du tout.

À ce moment, Jill en voulut à mort à Ada d'avoir prononcé son prénom. Dans le genre discrétion, on faisait mieux. Surtout qu'elle avait un prénom rare.

— Vous aimez l'art alors ? poursuivit Jill.

— En fait, j'aime uniquement la peinture de mon fils. Il est très doué, enfin je crois, précisa-t-elle dans un éclat de rire étincelant. Moi, je n'y connais pas grand-chose. Louis a peint toutes les toiles qui sont au mur.

Jill n'eut alors qu'une idée en tête : confronter ces toiles avec les couleurs et les fresques qu'elle voyait en rêve. Elle perçut l'odeur de la gouache et de térébenthine dans laquelle baignait tout l'appartement, tel un atelier d'artiste.

— Votre fils peint ici ? Il a de la chance d'avoir son atelier à la maison, osa-t-elle demander, espérant secrètement visiter l'endroit.

— Ce n'est pas vraiment un atelier, c'est la plus grande chambre de la maison, mais ce n'est qu'une chambre. Vous voulez la visiter ?

Jill se leva d'un bond, peut-être un peu trop vite.

— J'adore toucher les toiles, dit-elle pour justifier son enthousiasme.

Elle pensait qu'Ada pourrait peut-être mémoriser des détails, des morceaux de puzzle épars de ses rêves quelque part au milieu des peintures. La femme les fit entrer dans une pièce parquetée qui, à en juger par le calme ambiant, devait donner sur une cour intérieure.

— Sur le chevalet, c'est son dernier tableau ? interrogea Ada en se dirigeant vers la droite de la pièce. On dirait un chalutier aux prises avec une tempête de la mer du Nord.

Un message très clair que Jill reçut cinq sur cinq. La description d'Ada correspondait exactement au paysage qu'elle avait noté dans son cahier de rêves. Tout ce qu'elle voyait la nuit correspondait à une réalité. À la réalité de Louis Martin. Elle était bouleversée de se retrouver là, dans sa chambre.

— Nous sommes originaires du nord de la France, Louis a passé toutes ses vacances sur les plages de Dunkerque, ça laisse des traces, expliqua Mme Martin. Mais ce tableau est particulier dans son travail, d'habitude Louis n'est pas si figuratif…

Jill demanda si elle pouvait toucher la peinture pour se rendre compte des reliefs. La femme accepta et l'adolescente caressa cette toile en 50 centimètres sur 50 qu'elle avait admirée la nuit dans un autre espace-temps. C'était fou. C'était doux. Bouleversant. Elle glissa ses index sur ces vagues et cette écume déchaînée qu'elle savait grise, légèrement verdâtre, puis demanda à Ada de lui décrire le haut du tableau : il y avait bien une mouette telle qu'elle l'avait rêvée.

Le charme fut rompu par le bruit de la sonnette et Jill reçut un boulet de canon en pleine poitrine.

— Pardonnez-moi, Louis a dû oublier ses clés… s'excusa la mère du garçon avant de quitter sa chambre pour aller lui ouvrir.

C'était lui. C'était maintenant. Elle allait devoir s'expliquer, l'interroger, justifier sa présence. Était-ce l'essence de térébenthine ou la proximité des toiles de Louis ? Elle éprouva soudain un étourdissement.

— Qu'est-ce qu'on fait ? demanda-t-elle dans un frisson de panique.

Elle eut envie de foncer tête baissée et de s'échapper comme dans ses rêves, courir librement sans craindre l'obstacle ni la chute. Fuir la réalité qui chaque fois la décevait.

— On affronte, et moi, je prends des photos ! trancha Ada, tout en se mettant à mitrailler les murs de la chambre.

Mme Martin revint et s'adressa à elles avec ce que Jill identifia comme une voix blanche teintée de rouge. Parfois, les sons vibraient dans sa tête et se déclinaient en une palette de couleurs. Le blanc pour la peur, le rouge pour l'angoisse ou la colère. Elle ne s'était pas trompée. Le vent venait de tourner.

— Mesdemoiselles, je vais devoir vous demander de partir. On vient de me prévenir que mon fils n'était pas au lycée aujourd'hui, et il reste injoignable. Je ne vous cache pas que je suis un peu inquiète…

— Oui, bien sûr, nous partons. Merci de votre accueil, madame, lança Ada en saisissant le bras de Jill pour mettre les voiles au plus vite.

Jill ne comprit pas tout de suite l'empressement de son amie. Elle eut juste le temps de serrer la main de la femme et de lui souhaiter que tout se passe bien pour son fils, avant de se laisser emporter par sa copine qui s'esquivait comme une voleuse. Au moment où la porte se referma sur elles, Jill put toutefois comprendre que la mère de Louis n'était plus seule dans l'appartement. Elle distingua une autre voix féminine, plus jeune.

— Quelqu'un est entré dans l'appart ? demanda-t-elle à Ada, très pressée de dévaler les escaliers.

— C'était la fille de la salle de dessin ! Tu aurais vu sa tronche quand elle nous a reconnues ! Elle n'a rien dit, mais cette fois, on est carrément repérées. Si ça barde, tu peux être certaine que cette nana se fera une joie de dessiner notre portrait-robot avec détails. Surtout le tien !

Sur le chemin du retour, Ada décrivit à son amie plusieurs toiles qu'elle avait eu le temps de photographier. Il s'agissait bien des couleurs et des formes de ses rêves. Tout ce qu'elle voyait avait un lien avec Louis Martin.

Cette nuit-là, elle rêva d'une place de marché aux puces. Une place carrée remplie d'un fatras d'objets en tout genre avec une sorte d'église en pierres rouge orangé. Elle se réveilla aux tintements d'un carillon.

25

JILL EUT JUSTE LE TEMPS de consigner son dernier rêve sur son ordinateur, avant que son père ne pénètre dans sa chambre. Elle referma son portable aussi sec.

— Papa, tu pourrais frapper !

— Tu connais un garçon qui s'appelle Louis Martin ? interrogea son père sans préambule, tout en s'asseyant calmement aux pieds de son lit.

— Non, balbutia Jill, tentant de faire bonne figure. Pourquoi ?

— Parce qu'il a disparu depuis vingt-quatre heures et qu'étrangement, au cours de ces dernières vingt-quatre heures, tu as visiblement cherché à le joindre à son lycée et à son domicile. C'est en tout cas ce que vient de m'apprendre l'inspecteur de police qui va venir t'interroger d'une minute à l'autre. Il a eu nos coordonnées par l'Institut : il recherchait une Jill et tu es la seule à porter ce prénom à l'INJA. Alors, tu m'expliques avant que la police n'arrive ?

Jill se sentit prise la main dans le sac, sans vraiment réaliser les conséquences de son mensonge. Que devait-elle dire à son père ? Pouvait-elle encore protéger Louis ? Avait-il fugué ou s'agissait-il d'un enlèvement ? Elle tenta de faire le point le plus rapidement possible, mais son esprit était complètement embué.

Alors, elle décida de jouer franc-jeu et déballa tout ce qu'elle savait à son père avant que l'inspecteur en charge de la disparition de Louis Martin ne sonne à leur porte. Elle lui dit ses rêves depuis sa chute de la grille du parc de Belleville. Elle lui raconta sa rencontre avec ce garçon vers l'Odéon, sa suspicion de vol, les quelques paroles échangées à l'École des beaux-arts et puis l'enquête avec ses copains. Elle lui parla aussi de son intuition, de cette impression de devoir accomplir quelque chose pour sauver ce garçon sans réussir à réellement identifier ce dont il s'agissait. Elle parla le plus calmement possible pour ne pas ajouter à l'inquiétude de son père.

— Tu vois réellement des images ? lui demanda-t-il, bouleversé par cette nouvelle si improbable.

— Oui, papa. Et bizarrement, tout ce dont je rêve existe et semble lié à ce garçon, mais je te jure que je ne le connais pas et que je n'ai absolument aucune idée de l'endroit où il peut se trouver.

Son père la crut et lui demanda de transmettre à la police tous les éléments qu'elle détenait. Le jeune homme pouvait être en danger, particulièrement s'il avait dérobé les toiles et se mettait en tête de les revendre.

C'est ce que leur confirma l'inspecteur Brun, quelques minutes plus tard dans le salon de l'appartement. Elle détesta sa poignée de main molle, et sa voix nasale lui fit mal à la tête, mais le type ne rigolait pas et s'adressait à elle sur un ton menaçant.

— Comprenez-moi bien, mademoiselle Le Bellec. À partir de maintenant votre enquête sur Louis Martin n'est plus un jeu. Il est peut-être en danger de mort, surtout s'il se met en tête de revendre les toiles de Karl Maberger. Les trafiquants d'art ne valent pas mieux que les trafiquants de drogue ou d'armes. Ce ne sont vraiment pas des enfants de chœur. Vous voyez… enfin… vous savez, se reprit-il bêtement comme tous les gens qui n'osaient pas dire "voir" ou "regarder" devant un aveugle.

Elle le détesta pour ça, mais aussi pour sa prétention et son manque d'ouverture d'esprit.

— Personnellement, poursuivit-il, je ne crois pas aux prémonitions ni à la voyance…

— Moi non plus, osa-t-elle répondre du tac au tac, avec une certaine insolence.

Le type la prenait de haut, elle n'avait aucune envie de se laisser traiter comme une délinquante. Elle n'avait rien à se reprocher et plus rien à déclarer.

— Et pourtant, reprit l'inspecteur Brun, vous continuez à affirmer avoir pisté Louis Martin, uniquement parce que vous aviez rêvé de lui avant de le voir réellement en train de marchander quelque chose avec l'homme à l'accent chti ?

— C'est ça. C'est ce qui s'est passé, je n'y peux rien, concéda Jill sans desserrer les mâchoires.

— Très bien, conclut-il. C'est aussi ce que dit votre amie Ada Schmidt, vos versions concordent. Nous allons effectuer des recherches sur cet homme à l'accent du Nord, c'est tout ce que nous avons pour l'instant. La disparition de Louis est très inquiétante, je vous demanderai donc de rester joignable. Et… ajouta-t-il avant de les quitter, qu'il s'agisse de rêves prémonitoires, de dons de voyance ou de je ne sais quel autre phénomène paranormal, je vous demanderai, mademoiselle, de me transmettre tout ce qui pourrait nous mettre sur la piste de Louis. Sa mère est une amie… et pour cette raison, je suis prêt à tout prendre en considération. Même l'irrationnel, précisa-t-il après une courte pause.

L'inspecteur offrit une fois de plus sa main molle à Jill avant de quitter leur domicile avec les deux autres policiers en uniforme qui l'accompagnaient.

Dans le salon familial, alors que Dominique Le Bellec se faisait du souci pour la santé mentale de sa fille et se demandait comment il allait annoncer cela à sa femme, Jill, elle, ne pensait qu'à une chose : son mensonge. Elle n'avait pas tout dit à l'inspecteur. Sans trop savoir pourquoi, elle avait gardé secret un élément. Malgré la dangerosité de cette affaire et les risques majeurs qu'elle encourait à entraver une enquête policière, elle avait caché son dernier rêve. Elle insista donc pour se rendre à l'Institut et assister aux cours de la fin de matinée, afin de retrouver ses amis. Après un coup de téléphone à la direction de l'établissement, il fut décidé que Jill pouvait reprendre les cours, avec comme condition l'interdiction absolue de se réunir dans la chambre de Nine. Les pièces à conviction extraites de son cahier de rêves, coupures de presse et photos de Louis Martin, avaient d'ores et déjà été confiées aux services de police. L'Institut n'appréciait pas tellement ce genre d'affaires en son sein mais, après tout, la petite Le Bellec n'avait commis aucun délit et la directrice soutenait la famille qui ces derniers temps avait déjà subi pas mal de déconvenues avec son enfant.

Jill prit donc place dans la voiture de son père qui, à nouveau, la dévisagea longuement, en silence.

Elle perçut son malaise. Alors, pour le rassurer, elle lui offrit ce sourire généreux qu'il aimait tant et qui pour elle signifiait : je sais ce que je fais, papa, je ne sais pas où tout cela va me mener, mais je suis certaine de me trouver sur le bon chemin.

26

Louis Martin avait disparu depuis vingt-quatre heures et les trois amis, désormais interdits de réunion dans la chambre de Nine, gambergeaient dans la cour de l'Institut. Ada avait, elle aussi, été cueillie au petit matin par une visite de police et ses parents l'avaient sur-le-champ privée de sortie au-dehors de l'école. L'étau se resserrait et la marge de manœuvre des enquêteurs en herbe s'amenuisait. Pourtant, ils avaient tous l'intime conviction que Louis était sérieusement en danger et qu'il fallait agir vite. D'après leurs analyses, soit il avait fugué, soit il était parti pour vendre ses toiles en France ou à l'étranger, soit il s'était fait séquestrer par les trafiquants d'art. De toute façon, il devait être dans le pétrin et il ne restait plus qu'à espérer qu'il ne lui soit rien arrivé. Jill ne pouvait imaginer le pire. Elle était convaincue que Louis était encore vivant et qu'elle seule pouvait retrouver sa trace. C'est pourquoi elle leur décrivit en détail son dernier rêve. Il fallait se concentrer là-dessus. Décortiquer les images, les faire parler. C'était le seul indice dont ils disposaient. Où pouvait bien se trouver cette place d'architecture carrée, avec un marché aux puces, une église aux murs rouge orangé et un son de carillon alentour ? La Puce multipliait les recherches sur le net, mais la requête était trop vague pour obtenir une direction particulière. Cela pouvait être en France, en Suisse, en Italie… Quant aux toiles de la chambre de Louis qu'Ada avait prises en photo, elles ne révélèrent rien d'autre que son talent : la beauté éclatante des couleurs et ce chalutier mis à mal par une tempête.

— Il est peut-être allé dans le nord de la France, lança Ada. Souviens-toi, sa mère nous a dit qu'il passait toutes ses vacances à Dunkerque.

La Puce saisit aussitôt *Dunkerque + trafic d'art* puis, *Dunkerque + marché aux puces* sans obtenir rien de très probant. Ils tournaient en rond. Jill, recroquevillée sur elle-même, appuyait ses index sur ses yeux comme pour extraire de sa mémoire un détail qui lui aurait échappé.

— Et même si on trouvait l'endroit où se cache Louis, analysa John. Qu'est-ce qu'on fait après ? On balance tout aux flics ?

Sa question resta sans réponse le temps que Jill daigne jouer franc-jeu. Une fois de plus, le bon sens de John leur permit de prendre du recul sur ce qu'ils étaient en train de faire. Étaient-ils avec les policiers ? Ou Jill comptait-elle agir en solitaire ? John avait besoin de sa franchise pour continuer à soutenir sa démarche. Il était à peu près disposé à tout faire pour cette fille qu'il adorait, même si elle ne l'aimait pas, même si son désir était sans espoir. Tout. À condition qu'elle soit franche avec lui. Le silence de Nine et d'Ada traduisit leur sentiment commun ; Jill ne pouvait plus se dérober. Quel était son plan ?

— Je veux y aller seule, lança-t-elle en desserrant enfin ses mains de ses yeux. Dès qu'on saura où il se cache, je veux le rejoindre et je le ferai seule.

— Quoi ? hurla Ada en se relevant d'un bon. T'es malade ?

— Non, au contraire, je vais beaucoup mieux, répondit Jill très calmement. Je sais que je vous en ai fait baver dernièrement et surtout à toi Ada, mais cette fois... Je sais ce que je fais.

— Qui vote pour ? demanda Ada à ses trois amis avec véhémence, tentant ainsi de réveiller la raison de son amie.

Les mains et les visages restèrent baissés. Tous trois savaient ce que signifiait voyager seule quand on était non voyant. Une incroyable épreuve, du genre titanesque. Et même si Jill disposait d'une capacité d'autonomie et de locomotion très élevée dans Paris intra-muros, il en allait autrement de voyager seule à l'étranger ou à l'autre bout de la France. Cela s'appelait une fugue et, outre les dangers auxquels elle allait s'exposer, elle inquiéterait une fois de plus ses parents. Le jeu en valait-il vraiment la chandelle ?

— Personne ne te suit, Jill, sur ce coup-là, conclut Ada d'une voix étranglée, c'est trop dangereux...

Jill prit sa canne et se leva de son banc. Elle embrassa Ada chaleureusement, puis La Puce, puis John qui voulurent la retenir...

— C'est quoi ce plan que tu nous fais là ? interrogea-t-il en lui prenant les mains.

— Je vais dormir à l'infirmerie. Il me reste un demi-somnifère, je vais prétexter une nausée. Je suis désolée… C'est la seule façon d'avoir plus d'indices. Je dois avoir une vision plus précise de l'endroit où il se trouve. Je dois sauver ce mec ! C'est mon côté illuminé, je n'y peux rien. Il y en a qui voient la Vierge, d'autres qui accomplissent des miracles… moi j'ai vu Louis Martin et je ne pourrai plus vivre normalement tant que je n'aurai pas parlé à ce type et compris ce qui me relie à lui. Merci, en tout cas de m'avoir aidée…

Elle leur offrit un large sourire aimant et bienveillant avant de tourner les talons pour se diriger vers l'infirmerie. John trouva qu'elle ressemblait à un ange. Jamais son visage n'avait été aussi lumineux. Même un miraud de son espèce pouvait distinguer cette clarté qui émanait de sa personne. Elle était effectivement connectée à quelque chose ou à quelqu'un. Était-ce mystique ? paranormal ? sentimental ? Aucun des trois amis n'aurait pu définir ce qui animait le corps et l'esprit de leur Jill, mais une chose était certaine et ils la partagèrent dès son départ : elle savait ce qu'elle faisait et le sens de sa vie semblait engagé derrière chacun de ses pas.

Ils ne pouvaient pas la laisser tomber. Plus maintenant.

27

LE SOIR MÊME, les quatre amis échangeaient leurs informations en réseau, le nez devant leur ordinateur respectif. Joz caquetait à fond dans la chambre de Jill. À 23 h 18, il lui transcrivit vocalement le message de Nine :

— *La bande dessinée dont tu as rêvé à l'infirmerie provient de* Boule et Bill *ou de* Tintin, *j'en suis certaine. Un chien, un garçon : ça correspond. Et les deux dessinateurs sont belges. Il faut axer nos recherches sur Bruxelles. J'ai découvert que la ville était connue pour être une sorte de plaque tournante du trafic d'art et de nombreux tableaux volés ont transité par là.*

Jill navigua sur son écran avec les flèches de son clavier tactile, épaulée par les indications de Joz :

— *Répondre à tous ? Tapez "entrer". Saisissez votre message.*

— *Super, bravo Nine ! Je vais encore essayer de dormir pour obtenir d'autres détails,* écrivit-elle. *Je vous propose de régler mon réveil sur 4 h 30 du matin, ça vous laisse le temps de chercher des infos. Désolée d'avoir le beau rôle.*

Elle appuya sur la touche “entrez” et reçut un triple :

— *Bonne nuit, Jill ! On gère !*

Elle pensait à lui, probablement quelque part à Bruxelles, avec les deux toiles de Maberger sous le bras. Pourquoi avait-il besoin d’argent ? Dans quelle galère s’était-il fourré ? Elle pensa à elle. À son petit sac à dos sous son lit qu’elle avait déjà préparé. Quelques affaires de rechange ; elle était prête à partir. Elle avait toujours rêvé de voyages. De s’aventurer vers des ailleurs, découvrir d’autres cultures, d’autres parfums de vie. Jamais elle n’aurait imaginé commencer par la Belgique, seule, avec pour unique destination le visage d’un garçon dont elle ne savait rien. Un inconnu. Un peintre en devenir ? “Un génie”, avait dit la fille de la salle de dessin. Était-ce sa petite amie ? En tout cas, Jill se réjouit secrètement que Louis ne l’ait pas mise au courant de son départ. La fille au parfum de vanille ne savait rien. Elle se tourna et se retourna dans son lit. Il fallait dormir. Se concentrer sur ses rêves. Tenter de décrocher un nouvel indice. Faire le vide dans ses pensées pour laisser surgir des images venues d’ailleurs. Des images qu’elle ne maîtrisait pas. Des couleurs qui l’emportaient chaque nuit de l’autre côté de sa conscience, au plus profond de son être, dans un monde inconnu où pourtant tout lui semblait familier, comme cette mer houleuse ou le regard de Louis. Elle se sentit partir, tomber, glisser doucement, quitter le monde de la nuit pour cheminer vers la lumière. Sa lumière : celle d’une nuit sans étoiles, sans lune, mais emplie d’images d’espoir.

Elle se réveilla au son du réveil à 4 h 30 précises, les deux yeux grands ouverts. Cette fois, le rêve tenait plus du cauchemar que de l'émerveillement onirique. Elle avait voyagé au milieu d'une affluence bigarrée. Toujours cette place, ce marché aux puces envahi par une foule de chalands et de commerçants. Des hommes de toutes nationalités, de tous âges, qui la bousculaient sans ménagement au milieu d'un fatras d'objets, de bibelots, de fripes, de bijoux anciens, de miroirs aussi. Et, dans un de ces miroirs piqués par les années, elle avait vu son image. Ce fut un choc. Cette image d'elle-même la bouleversait. Ce n'était plus le souvenir de cette petite fille au sourire édenté, la frimousse entourée de deux nattes bien tressées. C'était le visage de ses seize ans. Ce reflet que le miroir lui refusait chaque matin. Brune, le nez aquilin, la peau diaphane et deux grands yeux bleus fixes. De la même couleur que la toile monochrome de Louis dont elle avait rêvé quelques jours auparavant. Et puis, chose encore plus singulière et angoissante, elle portait le sweat-shirt de Louis dans son rêve. Elle ressemblait à Louis, avec ce même air angoissé, solitaire, sauvage. Et si tout était faux ? pensa-t-elle. Si le garçon de ses rêves n'avait rien à voir avec ce Louis Martin ? Si elle s'était trompée ? Si tout n'était que pure coïncidence et qu'elle avait voulu trouver une logique là où il n'en existait pas ? Elle avait voulu voir en Louis une explication, un signe du destin, ce n'était peut-être qu'une projection de son malaise. Le garçon de ses rêves n'était peut-être qu'un avatar au masculin. Le fruit de son imagination. L'incarnation de son monde intérieur, de ses pensées, de ses envies. Rien que ça et personne d'autre. Elle se frotta les yeux, attrapa la bouteille d'eau et but à grandes gorgées. Un tintement lui indiqua qu'on venait de lui poster un mail. Elle ouvrit son ordinateur et écouta Joz, encore bouleversée par le reflet de son visage d'aujourd'hui dans le miroir d'une place publique irréelle :

— *Mail de Nine 4 h 30 : Salut beauté. Bien dormi ? On a trouvé ta place de marché aux puces et même la BD que tu as vue. Tout concorde. C'est la place du Jeu-de-Balle à Bruxelles, quartier des Marolles qui est truffé d'antiquaires. Le début des aventures de Tintin dans l'album* Le Secret de la Licorne *commence là, et à quelques pas de cette place, on trouve aussi une fresque murale de* Boule et Bill. *On te réserve ton billet de train ?*

S'ensuivit un mail de John :

— *Mail de John. 4 h 31 : Et si je t'accompagnais à la gare de Bruxelles-Midi ? Je rentre chez moi à Lille ce soir pour le week-end. Je peux faire un détour. Je dirai à mes parents que j'ai loupé le train. Je connais la gare du Nord comme ma poche. Tu seras au moins en sécurité jusqu'à Bruxelles.*

Et un troisième, d'Ada cette fois :

— *Mail d'Ada. 4 h 32 : Comment vas-tu ? Tu as du nouveau ? D'autres détails ? Tu as rêvé ?*

Jill hésita à répondre, prise d'une soudaine angoisse paralysante. Ressemblait-elle vraiment à cette jeune fille apeurée ? Pourquoi ne souriait-elle pas dans son rêve ? Son visage semblait si fermé, si triste ! Fallait-il leur faire part de ses doutes sur la réelle existence du garçon de ses rêves qui n'était peut-être pas Louis Martin ?

— *Non*, répondit-elle à ses amis. *Rien de nouveau, je n'ai pas rêvé cette nuit.*

Elle leur mentit volontairement. Dans quelques heures, il était probable que son absence serait considérée elle aussi comme une disparition inquiétante. Dans quelques heures, la police allait interroger John, Nine et Ada et tenter de comprendre où avait bien pu s'évaporer Jill Le Bellec entre son école et son appartement parisien. Il fallait donc protéger ses amis, mais aussi Louis. C'est pourquoi elle refusa de leur divulguer l'adresse précise. 4, rue Rasière-Sistervat. Elle en avait rêvé. C'était là que Louis se trouvait, elle en était maintenant persuadée. Après une brève vérification sur un site de géolocalisation, elle sut que cette rue se trouvait bien à côté de la place du Jeu-de-Balle à Bruxelles. Ses amis avaient raison, il ne lui restait qu'à réserver son billet de train.

28

APRÈS CETTE NUIT AGITÉE, Jill eut encore le déplaisir de recevoir à 8 heures du matin une seconde visite de l'inspecteur Brun. Sans nouvelles du jeune disparu, il revenait frapper à la porte de cette singulière adolescente qui disait avoir traqué Louis Martin à coups de rêves prémonitoires. Sa veste en cuir crissa lorsqu'il s'assit sur le canapé du salon. La mère de Jill lui offrit un café.

— Je n'ai pas encore eu l'occasion de venir vous voir jouer, avoua l'inspecteur avec un ton de fausse culpabilité que Jill considéra comme surjoué.

Elle n'en revenait pas. Louis Martin avait disparu depuis deux jours et l'homme chargé de le retrouver au plus vite était tout simplement en train de draguer sa mère, profitant de l'absence de son père qu'il venait de croiser dans l'escalier avec Isadora. Et elle, sa mère, jouait le jeu, faisant la belle devant le policier.

— Je me ferai un plaisir de vous inviter, le soir de votre choix, répondit-elle d'une voix affable et souriante.

— Bon, il y a du nouveau ou pas ? trancha Jill, impatiente et agacée par ce roucoulement de mauvais goût.

— On a pu identifier l'homme à l'accent chti d'après la description de votre amie, leur expliqua l'inspecteur. Si c'est lui, c'est effectivement un homme dangereux qui a déjà été condamné pour vol, trafic d'objet d'art et, ajouta-t-il en marquant une pause, pour enlèvement avec violence. Le type ne fait pas dans la dentelle. Nous sommes inquiets.

— Vous avez une piste pour Louis ? s'enquit Jill, nerveusement.

— Non. Rien de nouveau, répondit l'inspecteur. La petite amie du garçon, Macha, a simplement laissé entendre que Louis était nerveux depuis quelque temps, qu'il peignait moins, ou plutôt qu'il avait changé radicalement de style, passant – je cite – de l'abstraction à la figuration. Qu'en pensez-vous, Jill ?

— Rien. Les artistes changent souvent de style et personne n'ignore les sautes d'humeur adolescentes, monsieur, répondit-elle avec insolence. Tout cela ne prouve rien et ne fait pas de lui un délinquant.

Elle imagina sa mère lever les yeux au ciel, pour excuser le sale caractère de sa fille. Elle faisait toujours ça quand elle était gênée. Jill le savait parce qu'à chaque fois son père lui en faisait le reproche. L'inspecteur poursuivit. D'après ses informations, Macha ne savait rien sur les intentions de fugue de Louis et, à l'instar de leur professeur d'arts plastiques, elle pensait le jeune homme trop respectueux du travail des artistes pour dérober des œuvres d'art à coups de cutter.

— Visiblement ce garçon est sans défaut, conclut-il, comme vous, mademoiselle Le Bellec, si je m'en réfère à l'opinion de vos parents, amis et à celui de la directrice de votre établissement. Sauf peut-être votre goût du risque…

Jill était ailleurs. Elle avait du mal à avaler la révélation que l'inspecteur venait de lui balancer au visage avec son petit air condescendant. Macha, la fille de la salle de dessin, était officiellement la petite amie de Louis. Cette nouvelle décupla son agressivité envers l'officier de police.

— Je ne vois pas en quoi parler de moi en sirotant un café va vous permettre de retrouver Louis Martin ! lui reprocha-t-elle sèchement.

Sa mère voulut interférer cette fois, elle la pria de s'excuser et de changer de ton, mais l'inspecteur reprit les rênes avec un calme désarmant.

— Vous avez raison, Jill. L'affaire n'avance pas, avoua-t-il en avalant une gorgée de café. Nous n'avons aucune piste. Les parents de Louis sont divorcés et en mauvais termes. Son père est en voyage d'affaires en Espagne et injoignable, sa mère ne sait rien… si ce n'est que vous sembliez très touchée par sa dernière toile. Un chalutier sur une mer grise… Une toile figurative, n'est-ce pas ?

— Effectivement, j'en ai rêvé. Et alors ? riposta Jill. Cela ne mène nulle part.

— Alors, je voudrais que vous me confiiez le dossier où vous notez vos rêves, mademoiselle. Je pense que votre imaginaire ou vos… pressentiments peuvent m'aider à y voir clair, faute d'autres éléments.

Imaginaire. Pressentiments. Ce pauvre type n'osait même pas appeler un chat un chat. Elle était connectée à Louis en pensée, il refusait de l'admettre, mais il comptait pourtant se servir de ses rêves prémonitoires dans ses recherches. Jill voyait rouge, sa colère grondait, sa voix aussi…

— Vous avez déjà toutes les pages de mes notes, jusqu'à celles d'hier. Vous avez tout pris dans la chambre de Nine ! Sans même l'en avertir…

— Nous devions faire vite. Et puis, je pense que vous ne me dites pas tout, Jill. C'est pour cette raison que je veux saisir votre ordinateur.

La requête n'arrangeait pas ses plans. Elle fit rapidement le point de la situation. *C'est impossible !* pensa-t-elle.

Son ordinateur contenait encore les derniers mails de ses amis, ainsi que l'historique de ses recherches sur internet. Elle n'aurait pas le temps de tout effacer, l'inspecteur saurait pour Bruxelles et jamais la police n'accepterait qu'une adolescente aveugle les accompagne en Belgique dans leurs investigations. Voyante, médium, douée de perceptions PSI*, peu importait, l'inspecteur Brun la laisserait en dehors de tout. Elle allait une fois de plus se retrouver clouée dans sa chambre, obligée d'attendre derrière son téléphone la résolution de l'affaire Louis Martin. Elle ne le voulait

* "Phénomène PSI" (de la lettre grecque *psi*) désigne des interactions esprit-matière qui ne sont pas explicables par nos systèmes de perception (nos cinq sens), ni par la mémoire, ni par notre système moteur. Des phénomènes comme la télépathie ou la précognition en font partie.

pas, elle ne le supportait pas, elle voulait agir. Être actrice de sa destinée.

Elle en était à énumérer mentalement quantité de scénarios pour récupérer son ordinateur avant l'inspecteur quand sa mère, sans le vouloir, vint à son secours :

— Je comprends votre requête, inspecteur Brun, dit-elle en lui resservant du café, mais l'ordinateur, pour ma fille, est beaucoup plus qu'un média de loisir. C'est son stylo, sa bibliothèque, son transcripteur, son repère, bref, c'est un outil de travail. Vous ne pouvez pas l'en priver en pleine semaine de contrôles scolaires. Je vous propose de vous l'apporter demain matin. Vous aurez le week-end pour rechercher ce qui vous intéresse. Toutefois, je pense que ma fille vous a tout dit. Je lui fais confiance.

Jill se tut et, à sa grande surprise, l'inspecteur accepta l'arrangement. Le charme d'Anne Le Bellec avait encore agi. Toutefois, il insista pour faire une copie immédiate du dossier où elle notifiait ses rêves. Sa mère ne s'y opposa pas et, pendant qu'elle partit chercher l'ordinateur, Jill demeura seule un instant avec lui ; son parfum trop sucré lui donnait la nausée. Elle se félicita en pensées de ne pas avoir noté le rêve de la nuit précédente avec l'adresse exacte de la cachette de Louis. Toutefois, dans son journal de rêves, l'inspecteur aurait accès au souvenir de la fresque murale en BD et de la description de la place du marché aux puces, il ne tarderait à déboucher sur la même destination : Bruxelles. Il fallait donc partir au plus vite.

— Pourquoi êtes vous si butée, mademoiselle ? interrogea l'inspecteur en se rapprochant d'elle.

— Je ne suis pas butée, juste cartésienne.

— Cartésienne ? releva-t-il d'un rire narquois. Vous croyez que vos rêves racontent une réalité future et vous vous définissez comme cartésienne. Intéressant…

— Et vous, inspecteur, vous ne croyez pas aux rêves prémonitoires et vous voulez lire mon cahier de rêves, pour éclairer votre enquête. Surprenant…

Visiblement cet homme ne l'aimait pas ; c'était réciproque. Le petit silence qui s'ensuivit permit à Jill de savourer ce qu'elle pensait être une victoire, mais l'enquêteur n'avait pas abdiqué. Une fois de plus, il changea radicalement de ton, à quelques centimètres de son visage. Elle pouvait sentir son haleine de café. Sa veste en cuir au parfum trop sucré ne cessait de crisser à chacun de ses gestes. Elle avait peur et envie de vomir.

— Je vais être clair avec vous, Jill. Retenir des informations est considéré par la loi comme un faux témoignage. Je vous conseille donc de chercher à m'aider, ainsi que la mère de Louis qui est absolument effondrée et folle d'inquiétude. Votre handicap ne m'empêchera pas de vous accuser de complicité d'enlèvement ou de vol, de non-assistance à personne en danger ou de je ne sais quel autre délit que je pourrai vous coller aux fesses, si j'apprends que vous m'avez caché quelque chose sur la disparition de Louis. C'est compris, Jill ?

— Oui, inspecteur, mais je ne dispose d'aucune information tangible. Je n'ai fait que rêver des éléments sans queue ni tête, monsieur. Et comme vous l'avez dit, les rêves ne sont pas la réalité. Alors, je suis désolée… Je peux me préparer pour l'école ?

L'inspecteur fit une copie du dossier "Rêves" sur sa clé USB, avant de remercier Mme Le Bellec de son accueil. Il fut convenu qu'elle lui déposerait l'ordinateur le lendemain matin au commissariat.

Une heure plus tard, Jill pénétrait dans l'Institut avec son ordinateur contenant dans sa boîte mail une réservation de train pour le Paris-Bruxelles de 17 h 40.

29

DANS LA VOITURE SUR LE CHEMIN DU LYCÉE, sa mère ne revint pas sur la visite de l'inspecteur, mais elle fit part à Jill de ses craintes concernant ses rêves prémonitoires. Elle avait peur de ce phénomène qui lui échappait complètement. Peur que sa fille en perde la raison. Peur que ces visions nocturnes ne soient les symptômes d'une récidive de sa tumeur.

— Jill, je ne veux pas que tu t'accroches à ces images, lui dit-elle.

— C'est si réaliste, maman…

— Justement. Ce n'est pas la réalité. Tu ne vois plus, Jill, et tu sais que tu ne verras jamais plus. Ne t'accroche pas à de faux espoirs. Je ne veux pas que tu te mettes à vivre dans tes rêves, uniquement parce qu'ils t'offrent la lumière. J'ai appelé l'oncologue, il vaut mieux refaire des examens. Tout cela doit avoir une explication…

— Maman, je vais bien, déclara Jill avec assurance. Je n'ai pas envie de retourner à l'hôpital. Pas maintenant…

— C'est au médecin d'en juger, ma chérie, répondit sa mère en lui caressant la main. Puis elle ajouta d'une voix triste : Le monde réel te prive de la vue, mais pas de la beauté des choses ni de l'amour des êtres. Tu dois te rattacher à cela, et ne surtout pas fuir la réalité.

Jill ne sut que répondre, alors elle se contenta de sourire en sa direction. Elle avait la gorge nouée. D'habitude, c'était son père qui se chargeait de l'emmener à l'Institut quand elle ne prenait pas le métro, mais cette fois il avait accepté une sortie scolaire avec la classe d'Isadora. Ça faisait une éternité qu'elles ne s'étaient pas retrouvées ainsi toutes les deux, entre mère et fille. Elle aurait voulu tout lui raconter, se confier à elle. Lui avouer ce singulier fil qui la liait avec un inconnu. Cette impression de déjà-vu quand elle l'avait croisé aux Beaux-Arts, ce sentiment de proximité, d'intimité partagée, la conviction que toutes les réponses à ses questions se trouvaient quelque part à Bruxelles auprès d'un certain Louis Martin et qu'il fallait accepter de la laisser partir.

"Maman, je vais m'enfuir, mais ne t'inquiète pas c'est provisoire. Tout va bien se passer, je t'en fais la promesse. Je dois partir, il faut que j'aille là-bas." C'est ce qu'elle aurait aimé être capable de lui avouer. Au lieu de cela, elle demeura silencieuse durant tout le trajet.

Arrivée à l'Institut, elle se saisit de son sac à dos, avant d'embrasser sa mère et de déplier sa canne.

— Maman, est-ce que je peux dormir chez Ada ce soir ? Sa mère est d'accord.

Anne hésita, à cause de la disparition du garçon, de cet inspecteur qui leur avait demandé de rester disponibles, mais surtout de la fragilité psychologique de son enfant depuis quelque temps.

— J'ai besoin d'Ada en ce moment, insista Jill. Ces images me hantent.

— Pourquoi ne viendrait-elle pas à la maison ? proposa sa mère qu'une telle virée ne rassurait pas.

— Maman, s'il te plaît… ça me changera les idées.

Et sa mère finit par céder. Il fut convenu que son père viendrait la prendre le lendemain matin chez son amie, pour ensuite déposer l'ordinateur au commissariat et peut-être aller à la piscine avec elle. Jill l'embrassa avec l'étrange sentiment de séparation. D'adieu. Pleinement consciente de ce qu'elle était en train de mettre en œuvre. Elle préparait une fugue et ses parents allaient en souffrir, mais elle ne pouvait pas les épargner. C'était son choix et elle espérait simplement que tout allait bien se passer et qu'ils finiraient par comprendre que son acte n'avait rien de désespéré, bien au contraire.

30

LA JOURNÉE FUT LONGUE. Jill dut assister à tous les cours, tout en préparant avec ses amis son imminente aventure. Nine passa les intercours à lui télécharger sur son portable quantité d'applications qu'elle jugeait utiles pour se repérer dans une ville, comme un système de guidage par satellite pour non-voyants.

— C'est un prototype que j'ai pu télécharger sur une plateforme pirate, expliqua La Puce tout excitée par sa découverte nocturne. C'est comme un GPS, mais pour piéton et non-voyant. Tu entres ton adresse de départ et celle d'arrivée et tu te laisses guider ! Le logiciel t'indique tout ce qui se trouve sur ton passage, les obstacles de la voie publique comme les feux tricolores. Bon, c'est encore un proto à Bruxelles, donc fais quand même gaffe, mais ça devrait t'aider.

Jill avait dû la stopper dans ses explications techniques, car La Puce lui développait déjà toutes les déclinaisons futures de ce genre d'outil. D'après elle, dans quelques mois ou années, se déplacer en ville ou dans le désert ne serait plus un souci majeur pour eux.

— Bientôt les GPS vont même nous indiquer les merdes de chiens dans la rue, t'imagines l'économie d'eau qu'on va faire ! s'exclama-t-elle avant que Jill ne la ramène vers leur préoccupation du jour : partir seule avec un minimum de risques.

Ada de son côté ne lâcha pas Jill de la journée, l'entourant de toute sa tendresse, lui tenant la main, l'enlaçant de toutes ses forces comme si elle souhaitait lui transmettre son énergie. Elle était inquiète.

— Et si je partais avec toi ? lui proposa-t-elle au déjeuner. Ce serait plus simple à deux. L'inspecteur a dit que le chti était dangereux et tu ne pourras pas t'enfuir s'il te poursuit.

Jill avait refusé.

— Vous me serez plus utiles à distance. On gardera le contact toutes les heures, comme on a dit, et puis j'ai besoin de toi pour mon alibi de cette nuit.

Le plan "Fugue à Bruxelles" avait été concocté de mains de maîtres par la fine équipe. Il était convenu de rester en contact téléphonique pendant tout le périple. Chaque heure, Jill devrait envoyer un SMS à Ada pour lui signifier que tout allait bien. Si elle ne le faisait pas, Ada tenterait alors de la joindre. Et en cas de silence radio, elle devrait contacter l'inspecteur Brun et l'envoyer illico sur la piste de son amie, quelque part vers la place du Jeu-de-Balle à Bruxelles. À plusieurs reprises au cours de la journée, Jill fut tentée de leur délivrer l'adresse précise de son rêve et pourtant, elle ne le fit pas. Elle retint cette information, persuadée qu'elle seule devait connaître le lieu exact où devait probablement se rendre Louis pour vendre les deux toiles. D'autre part, les amis avaient aussi envisagé le débarquement policier du samedi matin, quand les parents de Jill découvriraient que leur fille n'avait pas dormi chez Ada mais qu'elle avait fugué. D'un commun accord, ils avaient tous accepté de se taire, de mentir aux policiers et à leurs parents. Officiellement, ils ne savaient pas où elle était, juste qu'elle était partie à la recherche du garçon de ses rêves et qu'ils avaient accepté de la couvrir. Enfin, La Puce avait aussi effacé de tous les disques durs les données concernant les préparatifs du voyage de Jill. Cette dernière avait donc le champ libre au moins jusqu'au samedi soir, après, il serait sans aucun doute plus difficile pour les trois adolescents de résister aux interrogatoires de police qu'ils pensaient devoir subir. Ils étaient conscients qu'on ne les lâcherait pas si vite.

Il était 16 heures et tout était opérationnel quand la directrice pénétra dans le cours de SVT où Jill était en train de rêvasser devant une maquette de chromosome en relief.

— Jill, pourrais-tu venir s'il te plaît ? Quelqu'un souhaiterait te parler.

Dans moins d'une heure, elle allait suivre John dans le taxi qui l'emmenait chaque vendredi soir à la gare du Nord. Alors que le plan était parfaitement minuté, cet entretien de dernière minute pouvait tout faire capoter. C'est pourquoi, elle suivit la directrice d'un pas rapide, se demandant qui pouvait chercher à la contacter en plein cours. Une seule personne vint à son esprit, aussi ne fut-elle pas surprise de respirer un parfum très sucré en franchissant la porte du bureau de la direction. C'était l'inspecteur Brun, qui une fois de plus déposa mollement sa main moite dans la sienne.

— Je vous laisse, se contenta de dire la directrice en refermant la porte de son bureau sur Jill.

— Bonjour, mademoiselle Le Bellec, dit-il.

Jill s'assit face à lui. Il poursuivit :

— Nous avons du nouveau et vous pouvez peut-être nous aider.

— Très bien, répliqua-t-elle en espérant de tout cœur qu'il ne soit rien arrivé à Louis.

— Je voudrais revenir sur votre… accident au parc de Belleville…

Jill s'attendait à tout sauf à cela et elle se demanda où il voulait en venir. Elle se tut ; il poursuivit.

— Vous aviez – je vous cite : "entendu une bagarre entre trois hommes. Un d'entre eux se faisait appeler Mo, et l'un des hommes avait évoqué un certain Boby comme le commanditaire de ce règlement de comptes".

— C'est cela, confirma-t-elle, un peu agacée de revenir sur ces faits. Mais votre collègue m'a prise pour une folle quand je lui ai dit qu'un homme s'était fait battre très violemment sous mes yeux. Il a minimisé mon impression, me disant que ce n'était qu'une bagarre de poivrots. Je sais pourtant faire la différence entre quelques coups échangés et un vrai passage à tabac. L'homme hurlait…

— Pourriez-vous me donner quelques détails sur cet homme ? A-t-il parlé ? interrogea l'inspecteur sans relever la remarque de Jill.

— Non, il n'a fait que crier. Et puis…

— Oui, Jill.

— Il a appelé au secours, avoua-t-elle dans un murmure étouffé.

Cet aveu la replongeait dans cette nuit cauchemardesque. Dans sa culpabilité de ne pas avoir su venir en aide à cet homme, qui par la suite avait disparu.

— Vous voulez dire que vous l'avez entendu appeler au secours ?

— Oui, je crois. C'est un peu confus mais je me souviens de ses gémissements. Il a dit : "Aidez-moi, je vous en prie. Appelez un médecin…"

Elle entendit l'inspecteur tourner les pages de son carnet de notes. Elle savait ce qu'il allait lui demander : pourquoi n'avait-elle pas parlé de cela la première fois ?

— Parce que votre collègue ne m'a pas crue et a minimisé ce que j'avais perçu, se défendit Jill.

Les pompiers n'avaient trouvé aucune trace de cet homme et aucun blessé n'avait été admis aux urgences ce même soir. L'homme avait disparu et les agents avaient un peu trop vite classé le dossier.

Jill éprouvait de la colère. Elle avait oublié cette nuit et cet idiot d'inspecteur revenait la lui mettre sous le nez. Pourquoi ? Quel rapport pouvait-il bien y avoir entre cette sale nuit et Louis Martin ?

— Un homme a bien été passé à tabac, ce soir-là devant le parc de Belleville, affirma l'inspecteur. Vous n'aviez pas rêvé et il s'avère que cet homme est Pierre Martin, le père de Louis.

Jill encaissa la nouvelle sans réaction. Elle était perdue. Sa tête s'embrouillait.

— Il est mort ? finit-elle par demander après un silence pesant.

— Non, il est très vivant, mais criblé de dettes de jeu. Louis a sans doute cherché à réparer les bêtises de son père qu'il a sauvé de la mort le soir de votre accident.

— C'est lui qui est venu le chercher ?

— Oui, il a trouvé son père gisant au sol, il l'a hissé sur son dos, l'a ramené chez lui et a appelé un ami de son père médecin qui l'a soigné à son domicile. Il faut croire que ce garçon est un héros, conclut-il avant d'ajouter : mais les héros aussi font des conneries… Il risque gros.

Jill frissonna. La tête lui tournait. Elle sentit que sa mission, son élan vers Louis avait quelque chose à voir avec son accident dans le parc de Belleville. Quelque chose s'était joué ce soir-là et ses rêves avaient débuté après sa chute. Cette information fortifia son envie d'aller au bout. De sauver Louis de la galère dans laquelle il s'était mis. Elle le lui devait, elle le pouvait, elle aurait enfin l'occasion d'agir et de venir en aide à quelqu'un d'autre qu'elle-même. Elle n'avait qu'une hâte, sortir de ce bureau et partir au plus vite pour Bruxelles, mais l'inspecteur la retint encore.

— Êtes-vous certaine, Jill, de ne pas avoir d'autres informations à me communiquer ? interrogea-t-il dans un crissement de cuir. Je dois admettre que vos rêves disent vrai. C'est inouï, incompréhensible, mais ce que vous… voyez peut nous aider. Alors, je le répète, avez-vous des éléments qui pourraient me permettre de retrouver Louis avant que Jacky du Nord ne tombe sur lui ?

— Jacky du Nord ? releva-t-elle.

C'était le nom du chti à l'eau de Cologne ambrée. Cet homme que Louis avait contacté pour la revente des tableaux à Paris et qui n'était pas du genre à manquer une bonne affaire à bon prix.

— Louis est en danger avec ce gars dans les pattes. Ce n'est pas un jeu de piste amoureux…

— Je vous ai tout dit, inspecteur. Je n'ai pas rêvé cette nuit. Je ne dispose d'aucun autre élément. Je peux y aller ? demanda-t-elle se levant.

— Oui. Pourriez-vous me confier votre ordinateur à présent, la journée est presque terminée ? Au moins, je ne serai pas venu pour rien, conclut-il dans un petit rire sarcastique.

Elle lui demanda de le suivre jusqu'en salle de sciences. Elle fit exprès de marcher vite dans les couloirs voûtés du sous-sol, sans avoir la délicatesse de lui allumer la lumière. Elle l'entendit pester et trébucher derrière elle, ça la fit sourire. Elle avait de l'avance sur lui et comptait bien la préserver pour retrouver Louis Martin la première. Elle frappa à la porte, s'excusa, prit son portable dont les données concernant son voyage à Bruxelles avaient soigneusement été effacées par La Puce.

L'inspecteur la remercia avant de s'éloigner d'un pas rapide. Elle reprit sa place dans le cours au milieu de ses camarades avec la certitude d'avoir pris la bonne décision. Elle n'avait pas pu porter secours au père, elle voulait sauver le fils et peut-être aussi, secrètement, apprendre à le connaître.

Dix minutes plus tard, elle retrouva John, Nine et Ada dans les toilettes du rez-de-chaussée. C'était le temps des adieux, des encouragements chaleureux. Pour plus de précautions, Jill quitta l'établissement avec une casquette et le manteau de John, au cas où l'inspecteur Brun aurait l'idée de la suivre.

Une heure après, elle embarquait avec son ami dans le TGV pour Bruxelles.

DEMAIN ?

31

JOHN HABITUELLEMENT SI BLAGUEUR s'était enfermé dans un silence distant. Un malaise s'était installé entre eux, se retrouvant face à face, seuls dans un TGV en partance pour la Belgique. Le sentiment que John éprouvait à son égard envahissait tout l'espace qui les séparait. Son amour était palpable. Il avait dévié son chemin pour elle. Il avait menti à ses parents pour elle. Il allait jusqu'à Bruxelles pour elle et repartirait jusqu'à Lille à la nuit tombante, au risque de se blesser ou de se perdre. Il voulait son bien, même s'il devait pour ce faire taire sa jalousie et l'aider à rejoindre un autre garçon. C'était beau, inouï, et Jill s'en voulut de ne pas l'aimer en retour.

— Je suis désolée, finit-elle par admettre.

— De quoi ? répondit John avec un air triste.

Un air gris, pensa-t-elle.

— De ne pas t'aimer comme tu m'aimes…

— Ça ne se commande pas…

Jill le pria de ne rien attendre en retour, mais John lui rappela que ce qu'il éprouvait était son problème pas le sien.

— Ça me fait du bien de t'aimer, Jill, confessa-t-il. Je ne t'en veux pas et je n'attends rien… Enfin, si, un miracle ! plaisanta-t-il avant de reprendre le cours de ses pensées. J'aime te faire du bien, prendre soin de toi, être près de toi comme maintenant… Ça me suffit, je te jure.

John savait aimer et Jill l'envia d'être capable d'une telle bienveillance sans réciprocité. Elle n'avait rien à lui offrir, que sa présence, son amitié. C'était si injuste. Elle déposa mollement sa tête contre la vitre glaciale du TGV et regarda à l'extérieur. C'était le second jour du printemps, mais l'hiver perdurait, rien dans la nature ne laissait encore présager des beaux jours et des balades entre copines dans les jardins fleuris. Elle se sentait un peu fragile, impressionnée par le périple en solitaire qui l'attendait en Belgique.

— Est-ce qu'il fait nuit, John ?

— Pas tout à fait. Entre chien et loup comme on dit.

— Est-ce que tu crois que je vais trouver mes réponses à Bruxelles ?

— J'en suis persuadé. Si tu ne prends pas de risques inconsidérés et que tu suis notre plan à la lettre.

C'était la seule chose qu'il exigeait d'elle. Qu'elle ne se mette pas en danger pour un garçon dont elle ne savait rien et qui ne correspondrait peut-être pas à l'être idéal qu'elle s'était forgé. Elle lui en fit la promesse. Étrangement, elle se sentit très proche de John dans ce train, comme protégée et complice de cet adolescent musclé à la carrure de rugbyman et au rire enfantin. Elle savait son visage presque blanc alors qu'il était malien, ses cheveux et ses yeux dépigmentés et fragilisés par la maladie génétique dont il était atteint. John, l'albinos, celui qui avait dû fuir avec sa mère son village natal d'Afrique pour éviter de se faire tuer à cause de croyances archaïques. Un survivant lui aussi, un être délicieux qui ne se plaignait jamais même quand la lumière du soleil lui provoquait de terribles maux de tête. Elle éprouva une grande tendresse envers lui. Cette proximité créait une nouvelle intimité qu'elle n'avait alors jamais éprouvée. John était venu s'asseoir à côté d'elle et son épaule touchait la sienne. Elle en éprouvait un mélange de gêne et de trouble diffus. C'était comme une pause, une parenthèse dans cette course effrénée vers Louis Martin.

— Tu es amoureuse de lui ? demanda encore John, en prenant l'initiative de réajuster l'une de ses mèches de cheveux.

Il faisait cela souvent. Elle aimait ce geste tendre. Pourtant, dans ce train, loin des amies et de l'ambiance du lycée, cette attention lui parut plus sensuelle.

— Je te dirai cela au retour… Je ne sais pas ce que c'est… Tout ce qui m'arrive est si bizarre, finit-elle par répondre.

John lui proposa ensuite de manger les sandwichs qu'il avait pris le soin d'acheter à la gare du Nord. C'était fou ce qu'il faisait pour elle, fou ce que ses amis avaient entrepris pour la soutenir et Jill espéra qu'elle pourrait leur rendre des comptes. Leur prouver que sa quête avait un sens. Quelle que soit leur logique, ces rêves devaient l'amener à comprendre quelque chose de son être intérieur ou de son rapport au monde, comme le pensaient les chamans. Elle partagea avec plaisir leur petite collation et John lui fit écouter un morceau de musique qu'il adorait. *Perfect Day* de Lou Reed. Une vieille chanson sentimentale qui la surprit. John était plutôt drôle d'habitude, passant son temps à blaguer, à gaffer, jamais elle ne l'aurait imaginé flasher sur ce genre de musique. Alors, à son tour, elle lui fit partager sa passion d'Amy Winehouse et de son titre fétiche *Back to black*, que John qualifia de chanson déprimante.

Ils étaient comme deux enfants, partageant des petits morceaux de leur intimité pour faire davantage connaissance.

— Tu aimes cette musique ? Moi j'adore.

Et le voyage se poursuivit ainsi, entre accords et désaccords, rires et silences dans une douce complicité. Ensuite, ils envoyèrent comme prévu un message à Ada et Nine pour leur signifier que tout allait bien, puis, bercée par la musique de John, Jill finit par s'endormir. Elle sombra dans ses rêves, loin de ce train et de son ami. Elle retrouva Louis dans ce labyrinthe où elle se voyait courir, tenant la main du garçon, le protégeant, le guidant, mais plus ils se rapprochaient de la sortie du tunnel, plus le visage de Louis s'effaçait comme saturé de lumière. Quand elle ouvrit les yeux, il faisait nuit et elle avait la tête posée sur l'épaule de John, qui avait passé son bras sous sa nuque. Elle ne bougea pas, lui non plus. Ils étaient bien et, finalement, peu importait la nature de leurs sentiments.

Il était 18 h 45 quand le train pénétra en gare de Bruxelles-Midi. John ne voyait pas bien de loin, aussi eut-il du mal à repérer une station de taxis. La gare belge avait les mêmes couleurs sonores que les gares françaises que Jill connaissait. Elle se dit que, finalement, toutes les gares du monde devaient se ressembler, avec leurs annonces dans les haut-parleurs, le brouhaha ambiant, le bruit des valises à roulettes, des chariots. Excédé de ne pas trouver d'indications, John finit par demander l'accès à la station de taxis. Cinq minutes plus tard, il était planté devant la portière d'une voiture, inquiet de laisser s'en aller son amie.

— Tu es sûre que tu ne veux pas que je t'accompagne, Jill ?

— Je dois y aller seule.

Elle le remercia de l'avoir accompagnée jusqu'à Bruxelles et l'invita à retourner à la gare au plus vite pour ne pas rater le train qui devait le ramener chez lui. Il prit l'initiative de l'embrasser doucement sur la joue. Une bise tendre, une bise amoureuse qu'elle ne refusa pas. Puis il referma la portière sur elle, tapota la vitre comme pour lui faire signe de la main. Et la voiture disparut.

— Où allez-vous, mademoiselle ? demanda le chauffeur avec un mélange improbable d'accent belge et pakistanais.

— 4, rue Rasière-Sistervat.

— Quartier des Marolles. C'est parti ! dit-il sur un ton enjoué et Jill éprouva un pincement au cœur, ce genre d'apnée qu'on éprouve en haut des manèges à sensation, avant de glisser dans le vide à toute vitesse.

Trop tard pour reculer. Pourquoi suis-je montée ?

Désormais, elle pénétrait dans l'inconnu. Elle était seule en Belgique avec pour uniques repères des images, des impressions et le contact téléphonique de ses amis.

32

AUX ENVIRONS DE 19 HEURES, le taxi déboucha place du Jeu-de-Balle. Jill reconnut le son du carillon. Elle avait rêvé de cette place, qu'elle savait carrée, ouverte sur une église, avec des bâtiments en pierres rouges. Elle avait "vu" une foule grouillante, un marché aux puces, ainsi qu'un miroir avec son propre reflet. Elle baissa la vitre du taxi et fut frappée par le silence. À part le tintement du carillon, rien ne filtrait. La place ne ressemblait en rien au bric-à-brac de ses visions nocturnes.

— Le marché aux puces n'est là que le matin ? s'enquit-elle auprès du chauffeur.

— Oui, mademoiselle, tous les matins depuis 1873. C'est une institution ici, ce marché. Même les Américains viennent y acheter des vieilleries.

Elle eut envie de descendre du taxi. Vérifier qu'il s'agissait bien du bon endroit. C'était absurde puisque la place était vide à cette heure tardive, mais elle ne put s'en empêcher. Elle n'avait sans doute pas vu cette place pour rien. Aussi demanda-t-elle au chauffeur de s'arrêter ; elle poursuivrait à pied.

— Vous allez à la cité Hellemans ? lui demanda-t-il, en encaissant le billet qu'elle venait de lui tendre.

— Non… C'est quoi cette cité ?

— Ce sont les premiers logements sociaux de la ville. Vous avez sept barres parallèles d'immeubles, avec des allées piétonnes pavées. Vous verrez, c'est joli, c'est de style Art déco. La rue Rasière-Sistervat y conduit.

Le chauffeur n'avait pas remarqué sa cécité et Jill en fut très heureuse. Alors, elle ouvrit la portière et attendit que la voiture s'éloigne pour sortir sa canne et commencer à explorer la place. Les rues étaient pavées, ce qui ne facilitait pas ses déplacements. L'embout de sa canne butait contre cette chaussée irrégulière. Elle écouta le carrefour pour l'analyser comme son professeur de locomotion le lui avait appris. Peu de voitures, mais pas de feux. Quand elle obtint le silence, elle s'engagea sur la voie pour atteindre le centre de l'esplanade et se laisser pénétrer par l'atmosphère. Rien. Juste le bruit de la ville en fin de journée. Une ambiance identique à celle de son quartier parisien. Les gens rentraient chez eux. On marchait, on roulait des poussettes, on filait chez soi après une journée de travail. Elle décida d'envoyer un SMS à ses trois amis pour leur donner des nouvelles.

— *Je suis place du Jeu-de-Balle. Rien de spécial. Je vais explorer le quartier et je vous rappelle dans une heure, comme prévu.*

Elle posta son message et mit en fonction l'application GPS pour les non-voyants que La Puce lui avait procurée. Elle saisit sa localisation et son adresse d'arrivée. Quelques secondes plus tard, une voix nasillarde la guida de façon assez concise :

— *Vous avez derrière vous l'église de l'Immaculée-Conception. Validez en tapant deux fois en haut à gauche de votre écran.*

Elle valida.

— *Faites un quart de tour et longez le bâtiment. Attention, des arbres entourent la place, le sol est pavé et une poubelle municipale se trouve à dix mètres sur votre droite.*

Jill apprécia la concision des indications. Elle poursuivit ainsi, jusqu'à l'adresse dont elle avait rêvé. Le 4, rue Rasière-Sistervat. Le logiciel lui annonça qu'elle était arrivée :

— *Vous êtes parvenu à votre destination. Pour une description du lieu, tapez deux fois en haut à gauche de votre écran.*

Jill n'en revenait pas de l'efficacité de l'application de Nine. Elle avait raison, les nouvelles technologies allaient vraiment simplifier la vie des non-voyants. La voix poursuivit :

— *Au Vieux Grimoire, boutique d'antiquités. Ouvert de 10 h à 13 h et de 14 h 30 à 19 h 30.*

Elle vérifia sur sa montre tactile ; il était 19 h 10. Elle quitta le programme du GPS et pénétra dans la boutique avec une certaine appréhension. Un magasin d'antiquités est le lieu idéal pour cacher des œuvres dérobées et tenter de les revendre à des amateurs initiés. Il convenait de rester sur ses gardes. Une clochette retentit dès qu'elle eut poussé la porte. Ça sentait un mélange d'odeurs de moisi, de poussière, de térébenthine et de cire. La boutique paraissait déserte, elle hésita à ranger sa canne dans son étui. Que valait-il mieux ? Montrer ou cacher son handicap ? Elle rangea sa canne. Elle distingua ensuite des bruits de pas provenant du fond de la boutique, puis un homme s'adressa à elle.

— Mademoiselle, je peux vous aider ?

— Oui, bonjour. Je recherche… un tableau… pour mon oncle. C'est un amateur d'art contemporain et on m'a dit que…

— Vous faites erreur, mademoiselle, ici, il n'y a rien de contemporain. Que du vieux, comme moi, lança-t-il dans un rire aussi rauque que glauque.

Elle ne voulait pas partir pour autant. Le type mentait ; elle le percevait dans sa voix. Elle n'aurait su l'expliquer, mais à force de se concentrer sur les différents infléchissements vocaux, elle avait fini par se faire une idée assez précise de ce que cela traduisait chez les gens. Elle avait dessiné une sorte de carte sonore des sentiments et des émotions éprouvés. Une voix étranglée traduisait la honte, la peur. Une tonalité perchée ou un débit rapide illustraient la joie, l'excitation ou la nervosité. Là, le type avait hésité avant de répondre et sa voix avait légèrement déraillé sur le mot “erreur”. Une petite dissonance qui l'avait trahi, tout comme son rire excessif, qui n'avait servi qu'à balayer son mensonge. Sa perception auditive s'était vraiment affinée au cours des années et cela lui permettait de visualiser à sa façon tous les mouvements expressifs du corps ou du visage qui lui échappaient.

— Dans ce cas, je vais me rabattre sur une pendule Art déco. Vous auriez cela ? dit-elle en s'avançant vers lui.

Malheureusement, elle percuta une table et renversa un vase qui vola en éclats.

— Pardon, je…

— Mais, bon sang ! éructa l'homme. Vous ne pouvez pas faire attention… C'était un petit vase en biscuit de porcelaine des années 1930.

Le type commençait vraiment à s'énerver. Elle sentit son agressivité dans ses gestes brutaux et désordonnés. Il poussa la table et commença à ramasser devant elle les brisures sur le sol.

— Vous me devez 150 euros, chère enfant. Je vous l'emballe ? Tonton pourra peut-être recoller les morceaux, lui dit-il sur un ton agressif.

Jill avait envie de fuir. Pourtant, elle resta là plantée au milieu de cette boutique bourrée d'objets anciens de valeur, sans trop savoir ce qu'elle recherchait réellement, si ce n'était Louis.

— Je suis aveugle, je vous prie de m'excuser… concéda-t-elle à voix basse.

— Oui et moi, je suis manchot ! répondit l'homme qui prenait cet aveu pour une excuse. Ça ne vous empêchera pas de me régler la facture !

— Je suis réellement aveugle, insista-t-elle en dépliant sa canne.

Le type parut ennuyé. Il pesta et maugréa. Elle hésitait à bouger, à parler, elle se sentait piégée au milieu d'un bric-à-brac fragile. Elle aurait aimé qu'Ada ou que sa petite sœur soit à ses côtés pour lui décrire brièvement les obstacles alentour. C'est alors que la petite cloche fixée à la porte de la boutique retentit de nouveau. Jill savait qu'ils n'étaient plus seuls.

— Salut, Jacky, lança l'antiquaire.

Elle se raidit. Jacky comme Jacky du Nord, le trafiquant d'objets d'art, un type dangereux avait précisé l'inspecteur Brun.

— Alors, vieux, on casse la vaisselle ? répondit-il en passant à côté d'elle.

Elle reconnut son odeur d'eau de toilette ambrée, de tabac froid et de moisissure. C'était lui. Il fallait agir. Réagir. Vite. Avoir une idée. Jacky du Nord pouvait la mener à Louis, mais il pouvait aussi se débarrasser d'elle d'une pichenette. Elle pensa que les deux hommes devaient se faire des signes entre eux. Le silence n'annonçait rien de bon.

— Je vous ai déjà vue, non ? lui demanda soudain Jacky.

— Non, je ne pense pas. C'est la première fois que je viens dans cette boutique, répondit-elle, mal assurée.

— J'ai pas dit qu'on s'était vus ici, ma belle, mais à Paris par exemple quand j'étais en affaires avec un certain Louis. C'est ton copain ? Tu viens le chercher, c'est ça ? T'as pas de chance, j'ai une super-mémoire visuelle, et puis une jolie aveugle qui donne des coups de canne, ça ne s'oublie pas.

Elle n'eut pas le temps de répondre que le type l'enserrait avec force, collant son haleine de bière contre son visage. L'antiquaire précisa avec sarcasme que la jeune fille recherchait des œuvres d'art contemporain. Et ils échangèrent un rire complice.

— Tu aimes l'art ou Louis Martin ? Hein, baby ? lui murmura-t-il, en resserrant sa prise.

— Les deux, connard !

De nouveau, elle fut envahie par la colère. Elle détestait qu'on la touche sans sa permission ; elle avait envie de cracher, de mordre, de cogner, mais certainement pas de se laisser impressionner par deux truands. *De toute façon, il faut que j'aille au bout*, pensait-elle. *Au pire, ils me jettent dans la rue et disparaissent. Au mieux, ils me conduisent à Louis.* C'était ce qu'elle voulait, quel qu'en soit le prix à payer. Découvrir ce qui l'attirait tant chez Louis Martin. Briser le mystère.

Elle entendit l'homme fermer la porte de la boutique à clé.

— Sauvage, en plus de ça ! On va te mettre avec ton petit ami ! Il se sentira moins seul.

Jacky lui arracha son sac à dos, fouilla ses affaires et siffla.

— Trois cents euros en liquide ! T'as du blé, baby, éructa-t-il, en lui collant les billets sous le nez. Je te laisse 50 balles. Ça devrait te suffire pour un billet de retour. S'il y a un retour, baby.

Ensuite Jacky du Nord la força à passer dans ce qu'elle devina être l'arrière-boutique et ils débouchèrent sur une rue par une porte dérobée. Il lui broyait la main et la forçait à le suivre sans ménagement. Il était violent, puissant. Elle commençait à gamberger, à imaginer sa mort, seule dans un taudis, une balle dans la tête. D'un autre côté, sa raison la rassurait. Deux cadavres pour 40 000 euros, ça ne valait certainement pas le coup pour un type comme lui. Elle préféra s'accrocher à l'idée qu'il voulait juste l'impressionner et l'empêcher d'aller prévenir les flics le temps de la transaction. Ils firent à peu près cinquante mètres et l'antiquaire vint les rejoindre.

— Je la ferre avec le gosse et après on file chez l'expert, précisa Jacky à son acolyte. Si le gosse a livré les originaux, il faut qu'on s'en débarrasse vite. J'ai un client.

— OK, je t'attends dans la bagnole, répondit simplement l'antiquaire.

Ils reprirent leur chemin et Jill se concentra sur leurs déplacements. Ils descendirent des escaliers. Elle pensa à une cave, ça sentait l'humidité et les poubelles. Le sol était en béton, leurs pas résonnaient. Ils traversèrent plusieurs couloirs, descendirent à nouveau avant de stopper. Elle entendit un bruit de cadenas qu'on déverrouille, sentit des tessons de verre crisser sous ses pieds, puis le type la projeta à l'intérieur d'une pièce où elle atterrit sur les genoux.

— Bienvenue en Belgique, miss courage, lui dit Jacky. Tu as de la visite, Louis, ta petite amie est venue te sauver la vie, comme c'est touchant !

Louis ne répondit pas, mais elle sut qu'il était bien là. Elle sentait sa présence, juste à sa droite, à quelques centimètres du lieu de sa chute. Jacky du Nord lui noua solidement les mains et la bâillonna, avant d'ajouter :

— Je te garde ton portable, baby, et ça, ajouta-t-il avant que Jill entende le bruit de sa canne se fracasser contre le mur. Sans eux à mon avis, tu n'iras pas bien loin. Une petite sécurité de plus ! À demain matin, les tourtereaux. J'espère pour toi que les tableaux sont bien les originaux de Karl Maberger, gamin, car je n'aime pas qu'on me fasse perdre mon temps, conclut-il avant de verrouiller le cadenas et de rebrousser chemin.

Jill se retrouvait ligotée, bâillonnée quelque part dans une cave, non loin de la place du Jeu-de-Balle et très près de Louis Martin. Malgré le bourbier dans lequel elle s'était mise, elle ne put s'empêcher de penser *J'ai réussi* et d'en ressentir une certaine fierté.

33

DANS SA CHAMBRE PARISIENNE, Ada se faisait un sang d'encre.

Le dernier message de Jill datait de plus d'une heure et elle ne répondait pas à ses SMS. Fallait-il prévenir l'inspecteur Brun ? Attendre encore un peu ? Dans le doute, elle contacta John et Nine qui n'hésitèrent pas une seconde.

— Appelle le flic immédiatement ! ordonna John à l'autre bout du téléphone.

Aucun d'entre eux n'avait vraiment pris conscience de la situation. Cette fois, coincés devant leurs portables qui restaient silencieux, ils en mesuraient toute la gravité. Ils l'avaient aidée à fuguer et avaient dissimulé à la police leurs recherches. C'était catastrophique, le tremblement de terre allait être à la hauteur du foutu caractère de leur copine. Dans quelques heures, les flics allaient débarquer chez eux, fouiller leurs affaires, les mitrailler de questions. Leurs parents risquaient de ne plus jamais leur faire confiance et de restreindre leurs sorties un bon moment. À cause de leur insouciance, Jill était peut-être en danger, ou même pire, peut-être déjà morte. Ada frissonna à cette idée. Elle imagina Louis et Jill égorgés dans une ruelle malfamée comme dans les séries B. Son amitié l'avait conduite à la frontière de la légalité et elle ne savait vraiment plus si cela en valait la peine.

— Réponds, Jill, je t'en supplie, murmura-t-elle, tout en lui postant un nouveau SMS.

Sans réponse de son amie, Ada se saisit du numéro de l'inspecteur Brun. Elle n'avait pas d'autre choix. Il fallait le faire. Elle commença à tapoter les chiffres sur son portable quand son père entra dans sa chambre. Il était furieux.

— Alors comme ça, Jill était censée dormir chez nous, ce soir ? Tu peux me dire où elle est ?

Ada pensa qu'elle venait de toucher le fond. *On y est !* se dit-elle. *Désolée, Jill mais à partir de maintenant, je ne peux plus cacher la vérité à mes parents*, et elle s'entendit répondre cette phrase complètement dingue et malheureusement bien réelle à son père :

— Jill est à Bruxelles quelque part vers la place du Jeu-de-Balle, il faut appeler la police, je crois qu'elle est en danger.

Ada ne voyait plus beaucoup, elle avait une peur terrifiante de la nuit pour toujours, et seule Jill savait la rassurer. Pourtant, quand elle vit le visage de son père ce soir-là, elle se dit que, parfois, la nuit avait du bon, car rien n'était plus effrayant qu'un visage de père pétrifié de colère. Elle ne l'avait jamais vu dans cet état. Il se jeta véritablement sur elle et la secoua comme un prunier.

— Qu'est-ce que tu as fait, Ada ? Tu vas m'expliquer votre petit jeu, parce que là, ça déborde ! Putain de bordel ! Ada !

Sa mère vint les rejoindre, paniquée par la violence soudaine de son mari et se jetant à son tour sur lui pour tenter de calmer et protéger son enfant. Ada se sentit vidée. Les mots ne sortaient plus face à la colère de son père. Elle avait peur. Il ne s'agissait plus d'un jeu et elle se sentit coupable, moche, ridicule.

— Jill est en Belgique toute seule, appelle ses parents ! hurla son père à sa mère.

— En Belgique ? Mais qu'est-ce que tu racontes ? répondit sa mère d'une voix hystérique.

— Rappelle Dominique et Anne, bordel ! Et dis-leur que leur fille a fugué !

Son père jurait, ce qu'il ne faisait jamais. *Il me déteste*, pensa-t-elle, *après cela, il ne pourra plus jamais m'aimer*, et elle se mit à trembler de tout son être, glacée à l'intérieur, réfrigérée.

— Calme-toi, Jacques, calme-toi, n'arrêtait pas de répéter sa mère qui ne comprenait rien à ce soudain accès de violence.

Elle se saisit du portable de sa fille et téléphona aux Le Bellec.

Son père cogna encore avec son poing contre le mur comme pour tuer sa peur et son incompréhension. Il respirait fort, comme un animal blessé. Ada comprit que Jill l'avait entraînée trop loin. Loin de sa vie de famille chaleureuse et sans histoire, loin de son moral d'acier et, à ce moment précis, quand son père tapa dans le mur, Ada détesta son amie. Pourquoi ne l'écoutait-elle jamais ? Pourquoi était-elle si butée ? Si sûre d'elle, alors qu'elle, Ada, ne faisait qu'abdiquer. Suivre et abdiquer.

Ada fondit en larmes et pour une fois ses parents ne la rassurèrent pas. Tous ceux qu'elle aimait étaient soudain distants et, pour la première fois de sa vie, elle se sentit seule au monde. C'était pire que le noir, pire que tout. Rien n'était plus douloureux que cette sensation de solitude et de profond désamour.

Après quelques minutes, son père reprit ses esprits. Il voulait savoir avant d'appeler la police. Ada devait s'expliquer, maintenant, tout raconter.

— Tu dois nous dire la vérité, Ada, dit-il d'une voix vacillante. Où est-elle ? Pourquoi ? Qu'avez-vous fait ?

Elle pouvait lire la peur dans sa voix, l'inquiétude dans son corps agité : elle ne pouvait plus reculer. Alors elle tenta de se calmer, chercha un début à son récit et commença ainsi d'une voix fêlée :

— Jill était perdue, j'ai simplement voulu l'aider à se retrouver, mais j'ai échoué.

Puis elle poursuivit et les mit au courant de tout leur périple, des premiers rêves à leur plan bruxellois. Quand elle eut terminé, la sonnerie de la porte d'entrée retentit, suivie de quelques secondes par celle de son portable annonçant un message entrant. Elle profita de l'absence momentanée de ses parents pour vérifier. C'était Jill. Il était 20 h 30.

— Peut rien dire, mais ça va. Je vous contacte dans deux heure.

Ada ne répondit pas. Désormais, le sort de Jill ne l'intéressait plus. Tout était fini, même si elle s'en sortait. Elle la détestait de lui avoir fait vivre ça. Elle pensa que jamais elle ne pourrait lui pardonner.

34

JILL ATTENDIT QUE LES PAS DE JACKY DU NORD s'éloignent suffisamment avant d'oser tourner son visage vers Louis. Elle sentait sa respiration forcer derrière le bâillon qui enserrait sa bouche. Il était là avec elle, dans cette cave humide. Elle avait réussi.

Ils demeurèrent quelques minutes côte à côte sans bouger. Elle avait tant de questions à lui poser, mais ce n'était ni le lieu ni le moment pour faire connaissance. Et puis, elle avait ce bâillon sur la bouche qu'elle ne réussissait pas à ôter. Alors elle décida de se rapprocher, tendit ses mains ligotées vers le jeune homme, laissa glisser ses doigts enserrés sur son visage, sentit une petite barbe naissante, son léger recul de surprise aussi. Elle fut troublée par cette soudaine proximité, mais la situation ne lui laissait pas d'autre choix, alors, elle tira d'un petit coup sec sur le scotch pour libérer sa bouche. Il toussa et expulsa une série de respirations saccadées ; il revivait.

— Merci !

C'est la première chose qu'il lui dit avant de reprendre son souffle.

— Qui es-tu ? poursuivit-il, en lui défaisant à son tour son bâillon.

— Je m'appelle Jill, répondit-elle simplement, après avoir ôté le tissu qu'elle avait dans la bouche.

— T'as pas une lampe torche ? Le type a coupé le courant ! Je flippe dans le noir.

— Non, désolée…

Ils se retrouvèrent face à face, dans le noir total, haletants, étrangers l'un à l'autre mais dans la même galère. Jill éprouva un sentiment mêlé d'excitation et d'appréhension. Les deux sbires pouvaient revenir, il fallait se dépêcher.

— Il faut qu'on se casse d'ici le plus vite possible, poursuivit Louis dans la même logique. Il faut qu'on trouve un truc pour couper nos liens !

Jill se souvint des bruits de verre sous ses pieds à l'entrée de la cave. Elle tâtonna le sol et se saisit d'un tesson.

— J'ai trouvé un morceau de verre cassé, ça devrait faire l'affaire. Donne moi tes mains !

Elle s'assit de nouveau à côté de Louis et entreprit de couper la corde qui enserrait ses poignets.

— Fais gaffe, ne me coupe pas les veines ! Comment tu fais pour être si habile dans le noir total ?

Jill esquiva la question et ne répondit rien. Elle voulait retarder le moment. Ne pas lui avouer tout de suite son handicap.

— J'espère que la corde va céder rapidement, poursuivit-il. Ils ne vont pas tarder à s'apercevoir que je leur ai refilé de faux tableaux.

Mêmes ligotés, ses doigts agiles lui permirent de couper les liens assez rapidement, Louis, lui, eut beaucoup plus de mal. Trop nerveux. Il se sentait mal, claustrophobe, angoissé à l'idée de la blesser avec le tesson. Alors, pendant qu'il sciait la corde par petits va-et-vient, il ne cessait de lui parler comme le font les enfants qui ont peur du noir.

— Pourquoi tu te fais passer pour ma petite amie ?

— Je ne me fais passer pour rien du tout, répondit-elle, un peu vexée. C'est l'autre naze qui en a déduit ça. Moi, je suis juste venue te sauver.

— Me sauver ? interrogea-t-il avec une pointe de dérision.

Jill hésita un instant. Comment lui expliquer sa présence ? Elle joua franc-jeu et vida son sac avec un mélange de plaisir et de fierté retenues.

— Tu as piqué deux toiles de Maberger à ton lycée pour payer les dettes de jeu de ton père qui s'est fait agresser du côté du parc de Belleville dans la nuit du 15 février. En recherchant un revendeur, probablement sur le net, tu es malheureusement tombé sur Jacky du Nord, qui t'a proposé une transaction à Bruxelles. D'après ce que tu m'as dit, tu as dû copier les toiles pour lui refiler des faux et protéger les originaux. Ta petite amie Macha dit de toi que tu es un génie de la peinture, mais elle n'est pas au courant de ton business, ta mère non plus. Mais maintenant, tout le monde sait, même ton père et les flics qui te recherchent sans trop savoir si tu es coupable ou victime dans cette histoire. Voilà pourquoi je me retrouve ici, avant eux. Pour te sortir du pétrin dans lequel tu t'es mis.

— Putain, mais t'es qui, toi ? Un agent secret ? une voyante ?

— Pas vraiment, répondit-elle dans un petit sourire amusé.

La corde céda enfin. Elle récupéra l'usage de ses mains et se releva aussitôt pour se précipiter sur la porte cadenassée. Pour une fois, ses pensées étaient claires, posées et parfaitement en adéquation avec son corps qui réagissait au quart de tour. Elle était dans l'action, dans la vie, et exécutait chacun de ses gestes avec un parfait sang-froid. Elle aurait dû mourir de peur et pourtant elle se sentait bien, utile et efficace, se déplaçant avec l'agilité d'un chat.

— Tu es où ? lui demanda-t-il.

Elle l'entendit tâtonner pour tenter de se repérer dans le noir.

— Il faut ouvrir la porte. Tu as un objet pointu sur toi, Louis ?

— Non, les mecs m'ont carrément dépouillé. Je n'ai plus rien, ni fric, ni portable, ni papiers et contrairement aux apparences, je ne suis pas du genre à me balader avec un couteau.

Louis avait de l'humour ; ça lui plut. Elle pensa soudain à son petit pendentif. Un cadeau de son père pour ses dix ans qu'elle avait toujours gardé autour du cou. Il s'agissait d'un petit poinçon en argent. Ce genre d'outil qui sert à l'embossage des points braille sur le papier. C'est avec ça qu'elle avait appris à écrire, un objet symbolique pour elle, qu'elle avait peu à peu remplacé par une machine à écrire braille, un bloc-notes électronique, puis par un ordinateur. Elle détacha son pendentif et commença avec minutie à tenter de libérer le point d'ouverture du cadenas. Elle se souvenait des séries américaines qu'elle adorait regarder avec Ada, dans lesquelles l'audiodescription commentait l'action à l'image : *le bandit introduit un objet pointu dans la serrure pour déclencher son mécanisme d'ouverture.*

— Qu'est-ce que tu fais ? s'enquit Louis qui vint la rejoindre devant la porte.

— J'essaie de forcer le verrou…

Elle entendit un petit clic. Elle avait réussi ! Le cadenas retomba lourdement à ses pieds.

— Prends ma main, Louis, et ne la lâche pas ! Il faut qu'on sorte de là avant que Jacky découvre ton embrouille. L'antiquaire a dit qu'ils allaient directement chez l'expert… Il faut nous dépêcher…

— Je ne vois rien… dit-il. Je flippe dans le noir.

Sans la vue, Louis était handicapé, complètement tétanisé par la peur de l'obstacle. Cela procura à Jill un sentiment de supériorité et décupla son sang-froid. Il lui prit la main et elle le guida vers la sortie.

— Mais t'es qui toi ? Un ange ? lui demanda-t-il, se laissant emporter par cette drôle de fille qui fonçait dans le noir à toute vitesse.

Elle avait parfaitement mémorisé le trajet à l'aller. Elle savait où se trouvaient la sortie, les obstacles, les couloirs… Elle repensa à son rêve. Ce long labyrinthe dans lequel elle conduisait Louis vers la lumière. Tout se déroulait exactement de la même façon et, même si elle ne connaissait pas la suite de l'histoire, elle était heureuse de lui tenir la main. Heureuse de guider un voyant avec tant d'assurance, elle qui s'était toujours considérée comme inférieure à ceux qui avaient la chance de pouvoir contempler un coucher de soleil. Elle marchait droit devant elle, sans canne et sans l'aide de personne, se fiant à sa mémoire, à toutes ses années d'apprentissage où elle en avait pleuré de se prendre des boîtes aux lettres dans le visage ou de buter contre les pieds des SDF qui lui hurlaient dessus en retour. Elle courait presque à présent, le sourire aux lèvres, la main de Louis serrée, enfermée dans la sienne, protégée.

— On va se casser la gueule, si tu continues à foncer si vite, Jill…

— Reste derrière moi, tu ne risques rien, lui dit-elle encore, en exerçant une légère pression bienveillante sur sa paume.

Elle était concentrée sur le parcours mental qu'elle avait tracé dans sa mémoire à l'aller : *Tout droit. On remonte un escalier. Deux fois à gauche. Esquiver les poubelles et passer dans le local technique qui débouche sur l'extérieur.*

Elle ouvrit la porte et le vent de la nuit vint balayer ses cheveux dans un souffle rassérénant.

— Où est-ce qu'on est ? s'enquit le garçon en reprenant son souffle. C'est quoi cette cité ? dit-il, recouvrant la vue dans les lumières nocturnes de la ville.

Jill l'entendit aller et venir nerveusement comme s'il dressait un rapide état des lieux.

— C'est la cité Hellemans, de style Art déco, répondit-elle sur un ton de guide touristique. Première cité ouvrière de la ville, elle contient sept barres parallèles d'immeubles, avec terrasses et allées piétonnes pavées. Tu ne lis donc pas les guides touristiques avant de voyager ?

— T'es une rigolote, toi, conclut Louis, un peu décontenancé par la décontraction de la jeune fille, avant d'ajouter d'une voix inquiète : Faut qu'on se tire !

Elle l'entendit détaler, la laissant plantée devant la porte de la cave.

Il ne m'a pas reconnue, constata-t-elle, un peu amèrement. Il n'avait pas fait le rapprochement entre sa sauveuse intrépide et la jeune aveugle qu'il avait guidée dans les couloirs des Beaux-Arts.

— Louis ! cria-t-elle pour le retenir, soudain paniquée à l'idée qu'il l'abandonne en pleine nuit à la merci des deux truands.

— Chut ! murmura-t-il à distance, avant de revenir sur ses pas. Il faut qu'on mette les voiles. Viens ! Qu'est-ce que tu attends pour courir ?

— Je ne peux pas.

— Tu viens de courir, là dans la cave… Je n'arrivais pas à te suivre.

— C'est parce que je connaissais le trajet par cœur. Je suis aveugle, Louis. C'est à toi de me guider maintenant que tu as retrouvé la lumière.

Elle sentit de nouveau son souffle sur son visage. Il était face à elle et la regardait avec attention.

— Tu déconnes ?

— J'aimerais bien…

— Tu viens d'où ?

— De Paris.

— Tu es aveugle, et tu es venue seule de Paris pour me sauver ?

— C'est ça.

Elle fit face au silence. Elle en avait l'habitude. Il ne bougea pas d'un pas. Il demeura devant elle, son haleine réchauffant sa bouche, à quelques centimètres.

— OK. OK, finit-il par répéter, comme pour se convaincre qu'ils allaient quand même s'en sortir et qu'il fallait éviter de paniquer. Il y a un mode d'emploi pour te guider ? Je veux dire… je n'y connais rien.

— Je ne peux pas courir, mais je peux marcher vite. Je te prends le bras. Si on doit descendre un escalier ou un trottoir, il faut que tu me préviennes avant ou que tu marques une pause. S'il y a un obstacle sur le côté, tu n'as qu'à glisser ton bras derrière ton dos, je me rangerai derrière toi. C'est simple. J'ai l'habitude.

— OK.

Il lui offrit son bras et elle le suivit à toute vitesse vers l'inconnu.

35

C'EST UN ADOLESCENT AU FORT ACCENT BELGE qui décrocha au bout de quatre sonneries. Une voix qui n'avait pas encore mué, treize ans pas plus, pensa l'inspecteur Brun, soulagé que quelqu'un réponde enfin à ses incessants appels.

— Allô ? dit l'inconnu. J'écoute, c'est qui ?

— Je suis inspecteur de police, lança Brun. Qui es-tu ?

— Arnaud, je promenais mon chien et…

— OK, coupa l'inspecteur. Où as-tu trouvé le portable ?

— Dans une poubelle rue Blaes , il y a dix minutes. Il était éteint, alors je l'ai rallumé pour le rendre à son propriétaire et puis ça a sonné… Je ne voulais pas voler le portable, m'sieur, juste trouver un numéro dans le carnet d'adresses pour dire que je l'avais trouvé et…

— C'est bien, petit, mais son propriétaire maintenant c'est moi. Alors, file dans le premier commissariat du coin et dépose cet engin de la part de l'inspecteur Brun.

— OK, m'sieur Brun.

C'est ainsi que les policiers français comprirent que la jeune Jill Le Bellec avait réussi son opération bruxelloise et certainement rejoint Louis Martin, puisque son portable avait été jeté dans une poubelle à quelques pâtés de maisons de la place du Jeu-de-Balle. Brun et son équipier roulaient donc dans la bonne direction, filant à plus de 150 kilomètres à l'heure sur l'autoroute du Nord.

Après avoir été alerté de la disparition de Jill et de la complicité de ses trois amis aux alentours, Brun avait eu le temps d'obtenir des jeunes suffisamment d'éléments pour contacter ses collègues de la police belge et mettre un avis de recherche sur Jill à Bruxelles ainsi qu'un mandat d'arrêt international sur le dos de Jacky du Nord. Toutefois le portable de l'adolescente était éteint depuis le début des recherches et, pour cette raison, il avait été impossible aux services informatiques de la police de le localiser. C'est pourquoi l'inspecteur remercia chaleureusement l'adolescent bruxellois ; grâce à lui, il avait la confirmation que la gamine avait certainement croisé le chemin de Jacky du Nord.

Il se faisait du souci pour les deux gosses, plongés au sein d'un gang de trafiquants d'art que son homologue bruxellois avait qualifié de dangereux.

“Jacky du Nord arrive toujours à se tirer d'affaire au bon moment, avait précisé l'inspecteur Van den Broek au téléphone, mais il laisse derrière lui pas mal de dégâts. La dernière fois, on l'a suspecté du suicide d'un notable de la ville. Un amateur d'art qui s'est défenestré, juste après le vol d'un Marcel Duchamp. Bizarre, non ? On n'a jamais retrouvé l'œuvre. On a soupçonné

Jacky, mais sans trouver aucune preuve : ce mec sait se planquer et effacer les indices."

Brun refaisait l'histoire dans sa tête. Jill n'avait plus donné de nouvelles depuis son dernier SMS de 20 h 30. "*Peut rien dire, mais ça va. Je vous contacte dans deux heure.*" Depuis, silence radio ; il était minuit passé et il n'avait aucune nouvelle des gamins. *Bon sang*, pensa-t-il, *j'espère pour eux qu'ils ont une bonne raison de ne pas appeler leurs parents*. Lui aussi était père d'un ado, alors il ressentait parfaitement dans sa chair l'inquiétude terrible que pouvaient éprouver les parents de Louis et de Jill. Depuis la voiture, alors que son collègue fonçait vers Bruxelles, il reçut un appel de Van den Broek.

— On est sur la place du Jeu-de-Balle. J'ai une vingtaine d'hommes qui quadrillent le quartier des Marolles, mais la nuit n'aide pas. C'est truffé de ruelles, ils peuvent être n'importe où et déjà loin…

— OK, dit Brun, rappelez-moi si vous avez du nouveau. La gamine est aveugle, ça ne devrait quand même pas passer inaperçu ! Vous avez contacté les chauffeurs de taxi ? D'après son copain qui l'a accompagnée jusqu'à Bruxelles, la gamine a pris un taxi pour se rendre sur place…

— Oui, mais on n'a rien trouvé pour le moment. J'ai demandé du renfort pour téléphoner à tous les taximen de la ville. Ça va prendre du temps.

Où était allée Jill ? Si son portable avait été retrouvé dans une poubelle, c'est que Jacky l'avait pincée. Il fallait faire vite, trouver un indice dans cette série de rêves qu'elle avait notée et qu'il n'avait cessé de lire et de relire. Elle n'avait rien ajouté la veille de son départ, preuve qu'elle avait voulu cacher une partie de ses prémonitions à ses amis.

Sacrée gamine, ne put-il s'empêcher de penser. *Elle ne voit peut-être rien, mais elle n'a pas froid aux yeux !* Il était intimement persuadé qu'elle avait réussi à rejoindre Louis Martin, mais les raisons de sa quête lui échappaient complètement, comme lui échappait l'explication des rêves prémonitoires de la gamine. Brun avait entendu parler de certaines personnes douées de facultés de perception extrasensorielle qui venaient parfois en aide à la police, mais il n'y croyait pas. Pour lui, le métier était trop sérieux pour se fier aux élucubrations de doux rêveurs.

— Il faut quand même admettre que tout ce qu'elle a noté s'est avéré exact, reconnut l'inspecteur à voix haute.

— Il paraît que les aveugles sont dotés de facultés spéciales, poursuivit son collègue, tout en se concentrant sur la conduite. Ils voient des trucs qui nous échappent…

— Connerie ! Tu veux mon avis ? C'est ce genre de vieux mythes qui empêchent les gens d'intégrer correctement le handicap dans nos sociétés. Non, la gamine vit un truc spécial, peut-être qu'elle a vraiment un lien avec ce garçon. Un truc qui nous échappe à toi et moi… mais qui n'a rien à voir avec sa cécité, poursuivit Brun en lisant et relisant ses pièces à conviction.

Puis, d'un coup, il s'interrompit pour composer le numéro des parents d'Ada.

— Quoi ? s'enquit son collègue qui devinait que Brun venait de trouver quelque chose de nouveau, mais l'inspecteur n'eut pas le temps de lui répondre.

— Allô, madame Schmidt ? C'est encore l'inspecteur Brun. Excusez-moi de vous déranger à cette heure tardive. Pourrais-je parler à Ada ? C'est important.

Il attendit un instant, en profitant pour expliquer tout bas à son collègue :

— Les fautes ! Le SMS est truffé de fautes.

— Allô, répondit Ada d'une voix éteinte.

— Ah ! Bonsoir Ada. J'ai encore besoin de ton aide. Tu te souviens du dernier SMS de Jill ? "*Peut rien dire, mais ça va. Je vous contacte dans deux heure.*"

— Oui, mais c'est vous qui avez confisqué mon portable.

— Justement je l'ai devant moi. Il y a deux fautes dans le SMS. On m'a dit que Jill était une excellente élève. Est-ce qu'elle fait des fautes quand elle saisit ses messages ?

— Jill est psychorigide avec le français, elle déteste les fautes, répondit Ada. Mais au téléphone, elle ne tape pas ses SMS, elle les dicte vocalement, c'est l'appareil qui retranscrit le texte en noir.

— En noir ? C'est-à-dire ?

— En lettres d'imprimerie, quoi. C'est comme ça qu'on appelle les textes qui ne sont pas écrits en braille.

— Et le logiciel qui retranscrit ce qu'elle dit en "noir" commet des fautes aussi grossières qu'un mauvais accord de pluriel ?

— Non, en général ce sont plutôt des fautes liées à une mauvaise compréhension de la parole dictée. Vous pensez que le dernier SMS de Jill n'était pas d'elle ?

— Effectivement…

Brun rassura l'adolescente qui s'en voulait de ne pas avoir relevé ce détail plus tôt. De toute façon, cela n'apportait pas de nouvelle piste, simplement que Jill était aux mains des trafiquants depuis plus de temps qu'il ne pensait. Cela faisait en réalité cinq heures que la gamine n'avait plus donné de nouvelles, il était inquiet. Jacky avait sans doute lui-même envoyé le SMS à 20 h 30, probablement après avoir consulté le journal des appels et remarqué que la jeune aveugle était en contact avec une personne très régulièrement, ladite personne qui appellerait probablement les flics en cas de silence radio. Le type était malin. La mauvaise nouvelle était que Jacky s'était depuis débarrassé du portable de Jill. Il était probable qu'il avait mis les voiles, ce qui était dans ses habitudes, d'après l'inspecteur Van den Broek, mais ne laissait rien présager de bon.

Qu'avait-il fait de Louis Martin et de Jill Le Bellec ?

36

IL ÉTAIT À PEU PRÈS UNE HEURE DU MATIN quand les inspecteurs Brun et Van den Broek obtinrent l'information qu'ils attendaient depuis leur voiture garée devant la place du Jeu-de-Balle. Un chauffeur de taxi s'était parfaitement souvenu de la jeune fille qui souhaitait se rendre au 4, rue Rasière-Sistervat, aux alentours de 19 heures. Il n'avait pas remarqué qu'elle était aveugle, en revanche, il se souvenait de lui avoir parlé de la cité Hellemans avant de la déposer finalement place du Jeu-de-Balle.

Dix minutes plus tard, Brun fouillait la boutique d'antiquités Au Vieux Grimoire. C'est là qu'il retrouva le sac de Jill, mais aussi le téléphone portable de Louis qui avait l'écran brisé. Visiblement, Jacky du Nord n'avait pas eu le temps cette fois d'effacer toutes les traces. Les policiers scientifiques commencèrent à rechercher des indices au milieu du bric-à-brac et ils ne tardèrent pas à découvrir un numéro de téléphone sur le comptoir de la boutique. La page du cahier avait été arrachée, mais par transparence, le numéro était apparu. Après une rapide vérification des fichiers, Van den Broek avait obtenu l'adresse correspondant au numéro de téléphone, il s'agissait de James John, expert en objets d'art.

— Si peu de précautions ne ressemble pas à Jacky, souligna Van den Broek à l'inspecteur Brun, avant d'envoyer ses hommes chez l'expert en question.

— Il avait affaire à des gamins, il ne s'est pas méfié. Moi non plus, je ne me suis pas assez méfié, constata l'inspecteur Brun, avec une pointe de regret. Puis, il fouilla le sac de Jill et ajouta : Cette gamine est hyper intelligente…

Dans le sac de Jill, il ne trouva rien d'autre que son portefeuille vide, un rose à lèvres, ses affaires de toilette, des vêtements de rechange, un poinçon et un petit bloc-notes blanc sur lequel étaient embossés des points de braille. Il passa ses index sur les pages, qui pour lui demeuraient silencieuses.

— Tu as un mec de ton équipe qui sait lire en braille ? demanda t il à son homologue.

— Pas sur place ! répondit Van den Broek. Je peux faire venir quelqu'un, mais ça prendra un certain temps. À moins que…

Sans hésiter, Van den Broek diffusa un message radio à tous ses hommes en place dans le quartier :

— Inspecteur Van den Broek. Est-ce que l'agent Bateux est de service ce soir ?

— Affirmatif, reçut-il en retour.

— Qu'elle me rejoigne à la boutique au plus vite !

Quelques minutes plus tard débarqua un agent en uniforme. Une jeune femme, plutôt souriante, mais impressionnée face aux deux inspecteurs.

— Effectivement, je lis le braille. Ma fille est non voyante, crut-elle utile de préciser comme si elle devait se justifier.

L'inspecteur avait raison, Jill était futée. Elle avait compris que les nouvelles technologies n'avaient pas que du bon, que leur utilisation laissait trop de traces quand on voulait agir librement et à l'insu des autres. Brun en savait quelque chose, lui qui avait traqué pas mal de délinquants, simplement en faisant parler leurs ordinateurs et téléphones. Jill avait donc poursuivi ses notes sur un petit cahier, en embossant ses points braille avec un poinçon. La femme passa rapidement ses index sur les pages de gauche à droite et lut à voix haute le cahier que Jill avait titré “Cahier de rêves”.

— *Jeudi 21 mars. 16 h 30. J'ai rêvé d'un mur avec une BD géante. Un héros et son chien. Tintin ou un truc du genre, il faudra qu'on fasse des recherches.*

— Elle doit parler de la fresque murale de Boule et Bill de Roba, c'est effectivement dans le quartier, confirma Van den Broek, avant d'inviter sa collègue à poursuivre.

— *Je n'ai pas vu Louis dans mon rêve. L'infirmière ne s'est pas aperçue que j'avais pris un somnifère. Tout va bien et finalement Ada, John et Nine ont décidé de m'aider à aller au bout. Ils sont formidables.*

5 heures du matin. C'est mon premier cauchemar en images depuis la rencontre avec Louis. J'ai rêvé de la place que nous avons désormais identifiée : la place du Jeu-de-Balle à Bruxelles. Des gens me bousculaient sans ménagement au milieu de bibelots, de fripes, de bijoux anciens, de miroirs aussi. Et, dans un de ces miroirs piqués par les années, j'ai vu mon image. C'était bizarre. Une fille brune, à la peau diaphane, avec deux grands yeux bleus un peu fixes. Moi. Une étrangère. Une fille peu avenante. Je ne me suis pas reconnue. Dans le rêve, je portais le même sweat-shirt que Louis. Je ressemblais à Louis, avec ce même air angoissé, solitaire, sauvage. Et si tout était faux ? Si le garçon de mes rêves n'avait rien à voir avec Louis Martin ? Si je m'étais trompée ? Si Louis n'était qu'une projection de mes propres angoisses ? Une sorte d'avatar au masculin. J'ai peur. Peur de moi. Peur d'avoir entraîné mes amis dans ma folie. De toute façon, il est trop tard pour reculer. Ada, Nine, John ont trouvé l'adresse de la place de marché dont j'ai rêvé. C'est à Bruxelles et je sais qu'ils ne se sont pas trompés, car je viens de rêver l'adresse exacte : 4, rue Rasière-Sistervat. C'est là que je trouverai Louis.

— La gamine a des dons de prémonition ? interrogea Van den Broek. Ou c'est un coup monté ? Je me perds…

— Elle a des dons particuliers, répondit l'inspecteur Brun, qui s'était bien gardé jusqu'à présent de parler des rêves de Jill à la police belge.

— C'est ce qui l'a conduite ici ? en déduisit l'inspecteur belge.

— Je crois bien que oui, admit Brun, avant d'inviter la jeune femme à poursuivre.

— *Vendredi 22 mars. 18 h 30. Je suis dans les toilettes du TGV qui me mène à Bruxelles. J'ai rêvé de Louis. Encore ce tunnel. Nous étions ensemble, je le guidais dans l'obscurité et ensuite, je ne voyais plus rien, aveuglée par la lumière du jour… Je ne sais pas ce que je vais découvrir à Bruxelles, mais je dois m'y rendre. Je dois découvrir ce qui me lie à Louis Martin.*

Puis la femme s'interrompit, le cahier de rêves s'arrêtait là. Elle le rendit à son supérieur mais ne put s'empêcher d'ajouter son point de vue. Elle aussi était maman d'un adolescent non voyant et les mots de Jill l'avaient particulièrement touchée.

— La jeune fille ira au bout, précisa-t-elle avec tristesse et inquiétude.

— Que voulez-vous dire ? reprit Brun.

— La majorité des gens pensent que leurs rêves sont plus beaux que la réalité et gardent un goût amer le matin quand ils doivent reprendre leur vie quotidienne. Pour Jill, c'est cent fois plus difficile de se réveiller. Ses rêves lui offrent la vue et l'espoir… Je pense qu'elle va tout tenter pour retrouver ce garçon, quel qu'en soit le prix à payer.

L'inspecteur hocha de la tête en signe d'acquiescement. Il lui sourit et la remercia, avant se lever et de jeter un coup d'œil par la vitrine de la boutique. Il fixait les bâtiments de la cité de logements sociaux.

— Il y a probablement de longs couloirs dans les caves de cette cité, vous devriez envoyer vos hommes les fouiller. La petite parle de tunnel, de labyrinthe…

Van den Broek eut à peine le temps de demander à ses hommes de s'y rendre qu'il reçut un appel de son équipe détachée en centre-ville pour appréhender l'expert. Les nouvelles qu'il reçut ne rassurèrent pas les deux hommes sur le sort des adolescents : James John, l'expert en objets d'art, avait bien reçu la visite de Jacky et de son acolyte aux environs de 21 heures, mais les toiles qu'ils lui avaient demandé d'expertiser étaient des fausses. Des copies des deux toiles de Maberger très bien exécutées, mais trop fraîches pour avoir été peintes en 1998. Jacky et l'antiquaire étaient repartis de chez lui vers 21 h 15 en proférant des menaces contre les gosses, ils s'étaient fait avoir. “Enfoirés de merdeux ! avait lancé Jacky. Je vais me les faire, je n'aime pas qu'on se foute de ma gueule comme un bleu !”

Van den Broek ordonna à ses hommes d'arrêter l'expert et de lui faire cracher des noms et des lieux. Jacky du Nord avait commis assez d'erreurs dans cette affaire, cela ne lui ressemblait pas, mais l'inspecteur comptait bien en profiter pour ferrer une bonne fois pour toutes le gang de trafiquants. Brun, de son côté, avait bien du mal à se réjouir. Si Jacky avait mis la main sur les adolescents, on pouvait jurer que ni Louis ni Jill ne seraient retrouvés vivants. Il avait perdu trop de temps et, comme Jacky du Nord, il ne s'était pas assez méfié de l'ingéniosité des mômes. Il repensa à son fils qui lui avait demandé d'aller dormir chez un copain. Était-il vraiment chez son ami ? Ou, comme Jill, en avait-il profité pour filer vers son désir de liberté ? Brun alluma une cigarette et suivit Van den Broek pour rejoindre ses hommes dans les caves de la cité Hellemans. Ils venaient de retrouver des cordes, deux bâillons et une canne fracassée. Cette affaire sentait de plus en plus mauvais et Brun ne possédait aucun élément pour mettre en place un plan d'action. Lui aussi marchait dans la nuit, d'un pas pressé, mais sans en connaître l'issue.

37

LES DEUX ADOLESCENTS ne s'étaient encore presque rien dit, concentrés sur leur course effrénée dans les ruelles bruxelloises. Louis avait du mal à guider Jill, qui avait failli chuter à plusieurs reprises et s'était cogné l'épaule contre un réverbère. Elle réclama une pause. Cela faisait bien une heure qu'ils cavalaient et, d'après Louis, Jacky ne les avait pas suivis. Il l'emmena dans une ruelle un peu à l'écart des grands axes où ils trouvèrent refuge dans un hall d'immeuble. Jill lâcha son bras.

— Ça va ton épaule ? lui demanda-t-il, en s'asseyant sur les escaliers. Je suis désolé, je n'ai pas l'habitude de guider quelqu'un…

— Ça va aller, répondit Jill avec calme et bienveillance.

— Tu peux m'expliquer ce que tu fais avec moi dans cette galère ? Et ce que tu faisais aux Beaux-Arts l'autre jour ?

Enfin, il l'avait reconnue. Elle en fut soulagée, mais ne laissa rien paraître.

— Plus tard… répondit-elle, concentrée sur son plan d'évasion.

Elle n'avait pas envie de tout lui raconter. Pas maintenant. Pas dans cette sordide et glaciale cage d'escalier qui sentait l'alcool et le tabac froid. Elle ne pensait qu'à fuir, quitter la ville. Jacky était sans doute à leurs trousses. Elle ne se sentait pas en sécurité. Elle consulta sa montre tactile ; il était 21 h 15.

— On peut attraper un train ! lança-t-elle en se rapprochant de Louis.

Il lui tendit la main pour l'inviter à s'asseoir à ses côtés dans l'escalier.

— Tu ne crois pas qu'on devrait plutôt prévenir les flics ?

— Non, il faut retourner en France, poursuivit-elle, sûre de sa logique. Les flics belges te mettraient en taule illico.

— Les flics français le feront aussi, tu sais, précisa-t-il d'une voix désespérée. J'ai vraiment piqué ces toiles de collection. Je ne sais pas comment tu as deviné, mais tout ce que tu m'as dit dans la cave tout à l'heure est vrai. J'ai fait ça pour mon père… J'ai copié de mon mieux les toiles de Maberger à l'aide de documentation sur l'artiste et sa façon de peindre que j'ai trouvée aux Beaux-Arts, et puis j'ai pris contact avec un acheteur belge sur un forum de discussions.

— Jacky du Nord ! Il paraît que le type est hyper dangereux, précisa Jill.

— Je n'en savais rien. J'ai foncé pour sortir mon père de ses galères de fric.

Jill ne cessait de se frotter les yeux comme pour mieux se concentrer et trouver une solution à la galère de Louis. Il fallait le sauver, il fallait lui éviter la prison et retourner en France, cette logique ne la quittait pas.

— Ils sont où, les originaux de Karl Maberger ?

Louis attendit un instant avant de répondre. Il hésitait encore à lui faire pleinement confiance. Cette fille avait débarqué comme un ange gardien et il avait bien du mal à avaler que ce soit juste pour ses beaux yeux. À la fois étrange et mystérieuse, elle devait selon lui forcément cacher quelque chose.

— Je ne suis pas la fille de Maberger, si c'est ce que tu veux savoir, ni un agent secret russe, ni une fan hystérique de tes peintures… Enfin, ce n'est pas ce que je voulais dire, tes toiles sont magnifiques, se reprit-elle en rougissant. Surtout ta dernière toile avec la mer houleuse…

— Je croyais que tu ne voyais rien ! releva Louis.

Il s'écarta légèrement d'elle, comme s'il s'attendait soudain à ce qu'elle lui mette les menottes et lui avoue qu'elle voyait très bien. Que sa cécité n'était qu'un leurre pour le faire chanter ou lui dérober les toiles.

Jill sentit qu'il était temps et que, si elle voulait aider Louis à échapper à la prison, elle ne pouvait plus faire l'économie d'une explication. Alors elle lui raconta la nuit au parc de Belleville, les cris de son père, sa peur, puis ensuite le rêve où il lui était apparu en image pour la première fois, du côté de la bouche de métro Odéon.

— Tu veux dire que tu as des rêves prémonitoires ?

— C'est ça. Je ne sais pas pourquoi, mais ces rêves m'ont conduite vers toi.

Elle poursuivit et lui raconta ses images de la nuit, ses toiles, la place bruxelloise, mais aussi l'enquête avec ses amis, la visite aux Beaux-Arts, au lycée et chez lui.

— Tu es allé dans ma chambre ? dit-il à voix basse, soudain un peu gêné par l'intrusion de cette fille dans son atelier.

— Je n'avais pas le choix. Il fallait que je te retrouve.

S'ensuivit un long silence. Louis accusait le coup, et Jill avait peur qu'il la rejette, qu'il se lève et l'abandonne là dans ce hall comme une pauvre hystérique qui n'avait pas d'autre chose à faire dans la vie que de traquer un garçon qu'elle n'avait aperçu qu'en rêve. Aussi fut-elle très surprise quand il releva la tête, tourna son visage et la regarda longuement. Elle sentit son souffle chaud sur son profil droit.

— Ne me regarde pas comme ça, s'il te plaît, lui demanda-t-elle. Je sens ton insistance. Ça me gêne…

— Comment tu sais que je te regarde ?

— Je le sens. Les regards parlent quand on sait les écouter, dit-elle en baissant les yeux.

— Comment es-tu certaine que je sois vraiment le type de tes rêves ?

— Je ne le suis pas, confessa-t-elle.

Alors, il lui prit la main et l'invita à explorer son visage. Le cœur de Jill battait contre sa poitrine. Sa main se raidit. Elle avait déjà touché le visage de copains pour s'amuser, mais jamais celui d'un garçon qui l'attirait. Les joues des garçons, pour elle, c'était pour rire et cette fois il s'agissait d'un autre sentiment. Un attachement étrange, venu de sa vie nocturne, à la frontière de sa conscience et de son inconscience. Un lien qui ne s'expliquait pas.

— Tu dois le faire, Jill, l'encouragea-t-il. Tu dois vérifier et me dire la vérité, poursuivit-il en l'invitant de nouveau à caresser son visage.

— Est-ce que tu peux fermer les yeux, s'il te plaît ? osa-t-elle lui demander. Cela m'aiderait à me sentir moins mal à l'aise.

Il accepta. Alors, elle déposa délicatement ses deux mains sur les joues de Louis, les laissant en douceur explorer ce paysage qu'elle pensait connaître. Ses doigts glissèrent timidement sur ses yeux clos d'abord, puis ils découvrirent ses sourcils réguliers en forme d'accents circonflexes, son nez long et fin, ses narines, ses lèvres bien dessinées, son menton avec une petite barbe naissante, ses oreilles, sa nuque et ses cheveux en bataille.

Quand elle eut terminé, elle se détourna brusquement.

— Quoi ? Qu'est-ce qui se passe ? s'inquiéta Louis en se rapprochant d'elle.

— C'est toi, Louis, c'est bien toi. Je suis désolée… chuchota-t-elle en retenant un sanglot.

Ce garçon la bouleversait, l'attirait, lui donnait confiance en elle. Il était temps de l'admettre : elle était tombée amoureuse.

— Pourquoi es-tu désolée ? lui dit-il d'une voix qui souriait. Tu viens de me sauver la peau… Je ne sais pas pourquoi tu as rêvé de moi sans me connaître, mais il faut croire que tu es mon ange gardien…

Dans un élan de tendresse, il se permit de lui réajuster une mèche de cheveux qui tombait sur ses yeux, exactement comme le faisait John. Un geste qui l'extirpa de cet instant en suspens et la replongea dans la réalité. Elle n'avait plus téléphoné à ses amis depuis plus de deux heures : l'inspecteur Brun devait probablement la rechercher elle aussi. Elle eut une pensée pour ses parents et, paradoxalement, cette pensée lui permit de reprendre corps et de retrouver ses esprits. Il fallait aller au bout de sa mission première : sauver Louis des griffes de Jacky du Nord, mais aussi lui éviter la prison. Elle sortit un mouchoir de sa poche et se leva pour sécher ses larmes d'émotion. Son entraînement de sportive lui permit en quelques grandes respirations de reprendre la pleine maîtrise de son mental de championne. Il fallait poursuivre ; l'épanchement sentimental serait pour après.

— Il ne faut pas que tu ailles en prison, reprit-elle avec vivacité. Où sont les originaux, Louis ?

Cette fois, le garçon n'hésita pas à répondre. Désormais, ils étaient deux dans la même galère, en fugue, très loin de chez eux, complices.

— Ils sont à Dunkerque. Chez ma grand-mère. Je les ai cachés là-bas avant de venir à Bruxelles avec mes copies dans mon sac.

À cette nouvelle étonnante, quoique assez prévisible chez un garçon qui peignait des chalutiers avec la nostalgie des bords de mer de son enfance, Jill n'hésita pas une minute. Son plan se profila très clairement dans sa tête.

— OK, lança-t-elle, en se rapprochant de la porte de sortie. Il faut qu'on prenne le train dès ce soir.

— C'est quoi ton plan, mon ange gardien ? interrogea Louis en ouvrant la porte.

— Fais-moi confiance, je vais te sortir de là. Demain soir, tu seras libre et tu pourras retrouver tes parents et… Macha, se crut-elle obligée d'ajouter par politesse et peut-être aussi par provocation.

Louis ne releva pas et lui offrit de nouveau son bras pour la guider.

Dans cette ville étrangère, il était ses yeux, sa seule façon d'avancer sans chuter. Dans cette nuit singulière, elle était son guide, sa protectrice, son unique espoir de sortir de cette galère libre et innocenté.

Ils repartirent d'un pas rapide pour rejoindre la gare.

38

JACKY DU NORD NE DÉCOLÉRAIT PAS. Il s'était fait avoir comme un bleu par deux morveux, dont une handicapée. Ça foutait un sacré coup au moral après trente ans de banditisme en tous genres. Aussi n'avait-il pu s'empêcher de donner un coup de pied dans la porte de la cave quand il avait découvert à son retour de chez l'expert qu'elle était ouverte et que les deux adolescents avaient mis les voiles.

— Je vais me les faire ! avait-il vociféré, en rebroussant chemin pour retrouver son véhicule.

— C'est trop dangereux, Jacky, l'avait mis en garde son acolyte antiquaire, la police recherche sans doute les mômes qui ont fugué. On va quand même pas se faire pincer pour 40 000 balles, d'autant que le gamin n'a peut-être jamais eu les originaux de Maberger en sa possession.

— Tu ne comprends pas, il ne s'agit pas d'oseille, mais de mon orgueil. J'ai l'orgueil sacré, moi, monsieur ! Mon orgueil, c'est comme ma mère, on n'y touche pas.

À ce moment, l'antiquaire n'avait pu s'empêcher de penser que c'était plutôt la bêtise qui était sacrément divine chez lui, mais il s'était bien gardé de lui répondre. Jacky était du genre impulsif, surtout quand on touchait à ce qu'il considérait comme sacré. Il l'avait vu une fois balancer un mec dans la Seine, du haut du pont de l'Alma, uniquement parce que le type s'était moqué de la princesse Diana qui, d'après Jacky, ressemblait à sa mère dans sa jeunesse. Non, il ne fallait pas plaisanter avec Jacky du Nord quand il était en rogne.

Aussi l'antiquaire s'était-il contenté de se mettre au volant de la Mercedes pour suivre à la lettre les ordres de son chef qui passait des coups de fil à tout-va. Il rabattait des hommes de sa bande un peu partout en ville pour lancer une chasse aux ados, dans les rues, gares, métro et aéroport de Bruxelles. Ils étaient deux, seize ans, un brun avec une veste en jean, une brunette aveugle aux yeux bleus avec un blouson marron. Il les voulait vivants. L'antiquaire avait démarré et commencé à faire sa ronde dans le quartier, mais Jacky lui avait asséné un coup de poing rageur dans l'épaule.

— Qu'est-ce que tu fous, là ? Tu fais pisser mémé ou quoi ?

— Non, je les cherche. Ils sont peut-être encore dans le quartier…

— T'es vraiment une brêle, toi. Allez, file à la gare ; je suis sûr que nos tourtereaux cherchent à rejoindre leur nid familial.

Sans une pointe de révolte, l'antiquaire avait passé la quatrième et foncé vers la gare. Il s'était autorisé quand même à alerter son chef sur le danger de conserver le portable de la gamine. Si les flics la recherchaient, il leur serait facile de pister ce genre d'appareil. Pour une fois, Jacky l'avait écouté, il avait éteint le téléphone, ouvert sa vitre et l'avait balancé au premier feu rouge. L'engin était retombé comme par miracle dans une poubelle.

— Panier ! s'était-il esclaffé dans un rire grossier.

Jacky avait pris cela comme un signe du destin ; il allait se les faire !

— Tu crois que le gamin aurait pu cacher les originaux à Bruxelles ? avait encore demandé l'antiquaire au feu rouge suivant.

— Tu veux me faire plaisir, Toto ? lui avait répondu Jacky en allumant une cigarette.

L'antiquaire Toto avait hoché la tête.

— Ferme-la !

Une demi-heure plus tard, sur le coup de 22 heures, les deux hommes traquaient discrètement leurs proies dans la gare de Bruxelles-Midi qui commençait à se vider. Pour plus de discrétion et afin d'élargir leur champ d'investigation, ils décidèrent de se séparer pour pister les fuyards. Toto en éprouva un certain soulagement, il avait beau travailler avec Jacky depuis trois ans, ses coups de sang lui faisaient toujours froid dans le dos. Aussi, quand il se retrouva seul et passa devant la buvette, il ne résista pas à l'envie de se payer une bière et un sandwich de rosette. Un petit remontant ne ferait pas de mal. Et puis, c'était son péché mignon, la rosette. Une passion pur porc qui lui fit malheureusement tourner le dos aux deux adolescents qui, au même moment, quittaient la gare à toute vitesse.

39

OÙ ? TELLE ÉTAIT LA QUESTION que se posaient Jill et Louis en sortant de la gare vers 22 heures. Le prochain train pour Dunkerque ne partait que le lendemain matin ; ils étaient coincés à Bruxelles. Il faisait froid, ils n'avaient pas un sou, ils n'avaient même plus de papiers d'identité et risquaient de se faire repérer par la police ou les hommes de Jacky.

— Il faut appeler les flics, je refuse de te mettre plus longtemps en danger, décida Louis. Tu as été géniale et je n'oublierai jamais ce que tu as fait pour moi, mais c'est fini, murmura-t-il dans l'église où ils avaient trouvé refuge à quelques pas de la gare.

— On voit que tu ne sais pas à qui tu as affaire, lui répondit-elle, en chuchotant elle aussi en sa direction.

Jill était transie de froid mais sa motivation demeurait inébranlable. Elle n'était pas du genre à abandonner et la présence du garçon retrouvé décuplait ses forces. Elle n'avait qu'une idée en tête : filer à Dunkerque retrouver les toiles originales et faire en sorte qu'on ne parle plus à leur sujet de "vol", mais de “disparition momentanée”. Et pour cela, elle avait concocté un plan. C’était jouable, il suffisait de garder l’avance sur l’inspecteur Brun et d’éviter de se faire pincer avant d’en avoir terminé.

— On doit être en photos toi et moi dans les commissariats, lui glissa-t-elle à l’oreille. Je pense qu’on devrait faire du stop, c’est plus discret.

Même dans le noir, Jill saisissait certains regards. Certains silences en disaient long. Elle devina donc à cet instant l’air ahuri du garçon : il la prenait pour une folle ! Elle en avait l’habitude. Audacieuses, voire complètement inconscientes, ses idées inquiétaient souvent ses parents et ses amis. Louis aussi l’était. Un peu trop même et elle le sentait prêt à vaciller. Prêt à abdiquer et à se rendre à la police bruxelloise. Sans doute pensait-il à ses parents, à sa petite amie… Elle aussi se faisait du souci pour sa famille et ses amis qui, à cette heure de la nuit, n’avaient sans doute pas trouvé le sommeil à cause d’elle. Elle aussi avait envie de les prévenir, de les rassurer, de leur passer un coup de fil pour leur signifier que tout allait bien, mais elle ne le pouvait pas. C’eût été prendre un risque exagéré. Téléphoner revenait à dévoiler à la police leur position. Elle ne pouvait s’y résoudre. Alors, elle lui prit la main et y déposa un billet froissé : les 50 euros que lui avait laissés Jacky dans la poche de son blouson, avant de lui piquer tout son argent. Elle venait d’y repenser et ce billet pouvait les sortir de ce pétrin ou, du moins, leur permettre de quitter la ville.

— Cinquante euros ? dit-il. Et alors ?

— Alors on va trouver un taxi qui va nous déposer au péage de l'autoroute. De là, on fera du stop pour Dunkerque.

— Et après ? demanda le garçon d'une voix lasse.

— Après, on file chez ta grand-mère et on récupère les toiles.

— Et après ? poursuivit Louis sans y croire.

Jill était déçue. L'adolescent de ses rêves ne faisait absolument aucun effort pour se sortir d'affaire. Elle avait mis sa vie en danger pour lui, elle avait quitté sa famille, menti à ses amis et aux flics pour lui et il se contentait de gémir et de se laisser guider comme un petit garçon qui a fait une grosse bêtise. Elle était en colère. De nouveau débordée par ce sentiment d'injustice qui la faisait si souvent souffrir, mais cette fois, elle décida de ne pas cogner, de ne pas hurler, de ne pas détester. Elle voulait agir pour elle, aller au bout de ce périple pour se prouver qu'elle en était capable. Alors, sans s'énerver, sans riposter, elle se contenta de se lever.

— Salut, lui dit-elle, avant de faire glisser ses mains sur le bois du banc de l'église et commencer à rebrousser chemin.

Elle le plantait là !

Et le garçon n'en crut pas ses yeux. Cette fille était véritablement un ovni. Elle marchait droit devant elle, les mains tendues vers l'avant, cherchant son chemin du bout des pieds, au milieu d'une église déserte, dans une ville inconnue. Elle semblait si fragile et pourtant, elle ne lui inspirait aucune pitié, bien au contraire, il l'admirait. Aussi se leva-t-il à son tour pour la rejoindre en courant.

— Où tu vas comme ça ? lui demanda-t-il en saisissant sa main, qu'elle reprit aussitôt.

— Écoute, tu es libre, Louis. Moi, je vais à Dunkerque… lui répondit-elle en poussant la lourde porte de l'église qui s'entrouvrit sur un vent glacial.

— Tu n'as même pas l'adresse…

— Je trouverai.

— T'es vraiment…

— Quoi ? ajouta-t-elle en se retournant vers lui.

On aurait dit qu'elle le voyait, derrière les volutes de fumée blanche que rejetait sa bouche à chaque expiration. Louis fut troublé par ce regard azuré et profond, d'une rare intensité.

— T'es vraiment… pas un ange, lui dit-il simplement avant de lui offrir son bras, que cette fois elle ne refusa pas.

— Qui t'a dit que j'en étais un ?

Et ils repartirent dans le froid, la faim au ventre avec un billet de 50 euros en poche.

40

JACKY ÉTAIT EN TRAIN DE VIDER son cinquième verre de whisky dans un bar de nuit du cœur de Bruxelles, quand il se fit passer les menottes en douceur, sans même avoir eu le temps de réagir. Il était plus de 3 heures du matin.

— Merrrde !

C'est à peu près le seul mot qu'il fut capable de prononcer en boucle, surpris par l'intervention éclair des inspecteurs Brun et Van den Broek dans le bar où Jacky du Nord venait traîner les soirs de blues. Il ne les avait pas repérés.

— Du grand art ! Bravo ! lança-t-il au nez de Brun dans un rire sarcastique.

— De quoi tu me parles, salopard ! répondit l'inspecteur, le saisissant aussitôt par son col de chemise.

L'inspecteur Brun perdait son calme. Il poussa sans ménagement le trafiquant dans la fourgonnette où l'attendaient ses acolytes : l'antiquaire, l'expert et quatre autres de ses hommes récupérés çà et là aux quatre coins de la ville et qui visiblement avaient balancé le nom du bar où le chef de bande avait ses petites habitudes. De mauvaises habitudes finalement, qui l'avaient conduit dans les mains des flics. Jacky soupira en dodelinant de la tête. Son réseau avait été démantelé en une nuit à cause de deux pisseux de seize ans ! C'était la honte totale, la vie était vraiment une farce ! Les deux inspecteurs Brun et Van den Broek montèrent à leur tour dans le fourgon, avant de refermer la porte. Eux n'avaient pas envie de rire. Ils avaient bien l'intention de tous les cuisiner pour savoir ce qu'ils avaient fait des deux adolescents.

— Ils se sont fait la malle, j'en sais rien où ils sont ! répondit Jacky en reniflant exagérément. Il était aux environs de 20 heures quand on les a laissés dans la cave, après, on ne les a pas retrouvés. On les a cherchés partout dans cette ville, ils se sont volatilisés ! On est bredouilles, comme vous les gars ! ironisa-t-il dans un silence de plomb.

Le type était vraiment taré et les deux policiers n'obtinrent rien de plus. C'était le statu quo. Aucune piste si ce n'était la quasi-certitude que Jacky ne les avait pas tués. Le truand n'en revenait toujours pas de s'être fait pincer si stupidement, preuve qu'il n'avait *a priori* aucune raison de fuir Bruxelles, ce qu'il aurait raisonnablement entrepris après un double meurtre. Il disait la vérité : les adolescents avaient réussi à lui échapper.

Brun réfléchissait. Ça faisait plus de sept heures que Louis et Jill traînaient en ville, seuls, sans argent et il se demandait pourquoi ils n'appelaient ni la police ni leurs parents.

— C'est une histoire d'amour ! se permit d'intervenir l'antiquaire. Il n'y a que l'amour qui résiste à la logique.

— Dis donc, t'es un poète, toi ! avait répondu Jacky dans un rire gras.

— Tu crois que le gamin va essayer de refourguer ses toiles à quelqu'un d'autre ? demanda Van den Broek à son collègue en quittant la fourgonnette.

— Ça serait stupide, répondit Brun. Jill lui a appris qu'il était recherché, que tout le monde savait. Il n'est pas idiot à ce point. Non, je pencherais plutôt pour la poésie de l'antiquaire. Ils prennent peut-être le temps de se connaître… de comprendre ce qui les lie…

Brun rejoignit son véhicule pour passer quelques coups de fil. D'abord, il téléphona à la mère de Louis pour la rassurer. Ils avaient bouclé Jacky, son fils était probablement avec la jeune aveugle quelque part entre Bruxelles et Paris. L'inspecteur était convaincu que les deux tourtereaux n'allaient pas tarder à réapparaître. Il les pensait sincèrement hors de danger.

— Est-ce que tu as des amis à Bruxelles ou dans la région où ils auraient pu trouver refuge ? s'enquit-il auprès de la mère de Louis.

— Non, je ne crois pas, répondit-elle, mais maintenant, avec les réseaux sociaux, les enfants se font des amis dans le monde entier…

Elle savait Louis débrouillard, elle avait confiance en son fils. S'il avait pu échapper aux griffes des truands, il serait capable de passer une nuit blanche dans le froid. En revanche, elle ne comprenait pas pourquoi il refusait de la contacter. Était-il amoureux de cette

Jill ? S'étaient-ils fréquentés auparavant ? Et puis, avait-il vraiment dérobé les toiles de Maberger ? L'inspecteur n'avait pas toutes les réponses. Il lui promit de la rappeler dès qu'il aurait des nouvelles, avant de lui demander une dernière chose. Louis avait-il un endroit refuge ? Un lieu qu'il affectionnait particulièrement ?

— Je ne crois pas qu'il soit capable de voler… se défendit Sophie Martin, qui ne pouvait imaginer son enfant coupable d'un tel délit.

Elle en voulait à son ex-mari ; son addiction au jeu était la raison de tout. De son divorce, du gâchis de leur vie de famille, et maintenant peut-être du délit de Louis qui, s'il avait volé ces toiles, risquait des années de prison. Cette rancœur contre son ex-mari étouffait ses mots au fond de la gorge. Elle tenta toutefois de se raisonner pour répondre à Marc Brun. Où Louis cacherait-il quelque chose de précieux ?

— Ici, dans sa chambre, répondit-elle d'une voix blanche. Où chez sa grand-mère, à Dunkerque. Il adore la maison de ma mère…

L'inspecteur fit encore son possible pour la rassurer avant de raccrocher. Ensuite, il demanda à son collègue de rechercher sur le GPS la distance qui séparait Dunkerque de Bruxelles, et téléphona aux Le Bellec. Tenir informés les parents d'enfants disparus ou de victimes faisait aussi partie de son métier. Ce n'était pas ce qu'il préférait faire, surtout quand l'affaire tournait mal et qu'il fallait annoncer de mauvaises nouvelles comme la mort d'un enfant. Cette fois, heureusement, les nouvelles étaient plutôt positives et il sut rassurer le père de la jeune fille. Jill était vivante, perdue, en fugue, planquée avec Louis Martin, mais vivante. C'était pratiquement certain ! Il leur posa la même question qu'à la mère de Louis. Avaient-ils de la famille, des amis à Bruxelles ou en Belgique ? L'inspecteur entendit Dominique répondre négativement, en même temps que la voix synthétique du GPS : Bruxelles-Dunkerque : 139 kilomètres. Il fallait tenter le coup…

Une poignée de minutes plus tard, Brun saluait son homologue belge : ils avaient fait du bon boulot. En moins d'une nuit, ils avaient réussi à arrêter la plupart des hommes de Jacky et, d'après Van den Broek, ce n'était pas fini. Les truands voulaient négocier des remises de peine et commençaient à balancer les noms d'autres receleurs. Les deux hommes se séparèrent dans la rue, dans l'ambiance qu'ils aimaient et qui rythmait leur vie. Celle des connexions radio grésillantes, des gyrophares, des altercations, des appréhensions, du froid, de la pluie, celle des caniveaux des villes où ils passaient leur temps aux côtés des truands, des alcooliques, des prostituées. Une vie à traquer la délinquance, à atténuer la violence, à protéger les villes de cette humanité désespérée qui parfois, au petit matin, n'avait plus rien d'humain. Il fut convenu que Van den Broek poursuivrait les recherches des deux adolescents sur la ville, pendant que Brun filerait sur Dunkerque dans le cas où le jeune Louis aurait caché les toiles dans la maison de sa grand-mère. Ils échangèrent une poignée de main franche et se quittèrent comme ils s'étaient rencontrés : dans la rue, tous deux sales et épuisés devant leurs voitures banalisées.

Brun repartit sur les routes, conduit par son équipier. C'était sa vie, tout ça. Les nuits blanches, la nourriture à emporter, avalée à la va-vite, l'abus de café, de cigarettes et parfois une bière ou un whisky en fin de service pour tenir le coup.

Il était 5 h 30 du matin quand les deux hommes s'engagèrent sur l'autoroute, en direction de Dunkerque. Ils attendaient le coup de fil de leurs collègues du Nord chargés de rendre visite à la grand-mère de Louis Martin. S'ils trouvaient les toiles chez elle, le gamin risquait la prison, même avec la circonstance atténuante d'avoir voulu aider son père accro aux jeux d'argent.

Quel gâchis ! pensa Brun. *Un gamin si doué !* Cela lui arrivait parfois ; il s'attachait à un délinquant qu'il traquait. Ça n'était pas très professionnel, mais c'était comme ça. Cette fois, son empathie dissimulait autre chose. Un sentiment qu'il sentait poindre depuis plusieurs mois déjà et qui ne faisait que s'étendre dans sa poitrine. Il aimait la mère de Louis, peut-être autant qu'il détestait son ex-mari. Ce sentiment grondait et malmenait sérieusement sa logique de flic. D'un côté, il voulait retrouver les deux adolescents au plus vite pour classer l'affaire, rassurer Sophie Martin et peut-être avoir le plaisir de la serrer dans ses bras lorsqu'elle le remercierait d'avoir ramené son fils. D'un autre, il redoutait l'arrestation. Si on retrouvait les deux toiles de Maberger chez la grand-mère, il n'aurait pas d'autre choix que de boucler le gamin. Une femme pouvait-elle tomber amoureuse de l'homme qui avait jeté son fils en prison ? Un appel radio le sortit de sa torpeur sentimentale. Il était 6 heures du matin.

— Allô, inspecteur Brun ? Ici le capitaine de gendarmerie Debrel de la brigade de Dunkerque. Nous sommes sur les lieux, chez la grand-mère de Louis Martin. Comme vous l'avez demandé, nous sommes intervenus en douceur.

— Alors ? s'enquit Brun fébrilement, fermant les yeux comme pour forcer l'espoir et refuser la mauvaise nouvelle.

— RAS, répondit le capitaine. Rien dans la maison. La vieille femme n'a pas vu son petit-fils depuis Noël. Elle était très étonnée et ne savait même pas qu'il avait fugué.

Brun rouvrit les yeux dans un sourire de satisfaction qui n'échappa pas à son acolyte. Étrangement, il semblait heureux, presque soulagé, que ni les toiles ni les adolescents n'aient été retrouvés chez la vieille femme. Il remercia le gendarme, tout en lui conseillant de prendre soin et de rassurer la mère de Sophie Martin. Puis il lui ordonna de laisser tomber les recherches : Dunkerque était une mauvaise piste.

— Qu'est-ce qui te prend ? interrogea son collègue, surpris par la soudaine légèreté de Brun qui n'était pas du genre à abdiquer si facilement. On fait demi-tour alors ? On rentre à Paris ?

— Non, on fonce à Dunkerque, au contraire, persista-t-il dans un petit sourire rusé. On ne sait jamais… mais ce sont deux oiseaux qu'on traque, pas des sales brutes comme Jacky. Je préfère les arrêter en douceur, même s'ils sont coupables de vol, prétexta-t-il, tout en s'affaissant sur son siège pour s'offrir une petite sieste réparatrice. Juste toi et moi, ça devrait suffire.

— En douceur ? reprit son assistant avec ironie.

— Oui, un peu de douceur dans ce monde de violence… ne fera de mal à personne, répondit Brun en fermant les yeux.

L'assistant de l'inspecteur Brun avait un peu de mal à suivre la logique de son supérieur, mais il était son supérieur justement, aussi poursuivit-il sa route vers Dunkerque sans exiger d'autres explications.

41

QUAND JILL S'ÉVEILLA, il faisait nuit comme toujours. Elle caressa l'écran tactile de sa montre. Il était 6 heures. Le jour n'allait pas tarder à poindre. Elle avait froid, ses vêtements humides lui collaient à la peau. Elle se sentait sale et détestait cela. Elle se releva et tenta d'ajuster ses cheveux en désordre. Elle était seule. Louis n'était plus là, mais elle sentait encore son odeur dans cette petite cabane de bord de mer où ils avaient trouvé refuge en arrivant à Dunkerque. Elle avait peu dormi et n'avait pas rêvé. Ni de lui ni d'un autre. Aucune image en tout cas. Elle se demanda si ses rêves allaient désormais cesser, ou s'ils la porteraient vers d'autres personnes. Vers d'autres aventures humaines. Elle aurait dû s'inquiéter, craindre la fuite de Louis qui peut-être était allé se rendre à la police durant son court sommeil. Pourtant, elle demeurait sereine, calme, presque heureuse. Elle tâtonna autour d'elle et sentit les toiles de Maberger bien protégées dans un sac en plastique. Tout se passait comme elle l'avait prévu. Dans une heure, un train allait les emporter vers Paris et tout rentrerait dans l'ordre, pour elle et pour Louis. Elle pensa qu'elle saurait expliquer à ses parents. Elle était presque adulte maintenant et ce voyage lui avait permis d'effectuer un bond dans le temps ; elle avait l'impression d'avoir vieilli de trois ans en une nuit.

En sortant de l'église à Bruxelles, les deux fugueurs avaient commencé par changer un peu leurs apparences, histoire de ne plus correspondre à la description que la police pouvait avoir d'eux. Sous son blouson marron, Jill avait enfilé le sweat de Louis, qui lui permettait de dissimuler ses cheveux sous la capuche. Le fameux sweat bleu roi qu'elle portait exactement comme elle l'avait rêvé. Louis, quant à lui, avait retourné son blouson en jean côté doublure en coton gris et dissimulé son visage sous l'écharpe en laine de Jill. C'est dans cet accoutrement qu'ils avaient réussi à dénicher un taxi aux environs de 23 heures, qui les avait amenés au péage de l'autoroute. Afin d'éviter d'attirer l'attention sur eux, les deux adolescents avaient fait mine de s'enlacer durant tout le voyage.

— Vous allez en France, les amoureux ? avait demandé le chauffeur, les observant dans le rétroviseur.

— Oui, on s'offre un week-end en bord de mer, avait répondu Louis, mais on n'a pas assez d'argent pour le train, alors…

— J'ai connu ça à votre âge, avait répondu le chauffeur avec une tendresse nostalgique.

Jill avait aimé ce voyage en voiture dans les bras de Louis. La sauvageonne s'était laissé envelopper par la chaleur humaine de l'adolescent de ses rêves, même s'il avait une petite amie, même si cette étreinte n'était que stratagème pour fuir la police et qu'il fut peu probable qu'il tombât amoureux d'elle. Cet instant avait été comme une parenthèse enchantée. Un temps hors du temps. Un cadeau qu'elle avait su accepter sans se poser mille et une questions. Ensuite, ils étaient descendus et ils s'étaient postés vers les caisses du péage, pointant leur pouce vers la France.

— C'est comme ça qu'il faut faire ? avait-elle demandé, excitée comme une puce à l'idée de faire du stop sur l'autoroute.

Je suis une aventurière, avait-elle pensé, laissant cette adrénaline envahir chaque parcelle de son corps. Elle éprouvait la pleine conscience du danger et la volonté de le braver. Elle était de cette trempe d'individus ; elle l'avait senti pendant tout son périple. De ceux qui ne peuvent se résoudre à mener une vie tranquille et sans risque. Elle se voyait déjà grand reporter ou engagée dans l'action humanitaire. Elle se fit la promesse de voyager, de découvrir le monde le plus loin possible, le plus largement possible. Tracer la route. Partir à l'aventure et voir du pays. C'était une idée que les voyants avaient bien du mal à comprendre. Pourquoi voyager quand on ne faisait pas la différence visuellement entre le Taj Mahal et la tour de Pise ? entre le désert subsaharien et les steppes de Sibérie ? Comment expliquer que l'on peut admirer des territoires étrangers avec son nez, avec ses mains, avec son corps ? Comment expliquer ?

— Tu n'as pas besoin de te justifier, lui avait répondu Louis un peu plus tard dans le camping-car qui les avait pris en stop. Le manque d'imagination des voyants est leur problème, pas le tien.

Un couple de Hollandais qui sillonnait les routes de l'Europe s'était arrêté, leur proposant de monter à l'arrière du véhicule qui roulait lui aussi vers Dunkerque. Les deux fuyards avaient ainsi pu se détendre sur les banquettes confortables du camping-car. Ils s'étaient assis l'un en face de l'autre, profitant des couvertures et de la nourriture que leur avaient offertes les Hollandais. Assis au chaud et loin des flics et des voyous, ils avaient enfin pris le temps de discuter. De faire connaissance. Ils s'étaient raconté leur vie, leurs envies, leurs rêves, leurs colères. Louis en voulait à son père de se ruiner en jouant au poker, mais il refusait de le laisser se faire tuer. Quand il l'avait retrouvé à moitié mort à côté de chez eux, il n'avait pas eu d'autre choix que de tout tenter pour trouver la somme qu'il devait rendre. Il avait agi seul, se faisant enfermer un soir dans le lycée et, avec un cutter, il avait découpé d'une main tremblante les toiles de Maberger.

— J'en aurais chialé, tu sais, précisa-t-il, mais je n'avais rien de mieux sous la main pour trouver 20 000 euros. C'est la somme que mon père doit à un certain Boby.

— C'est ce que t'en proposait Jacky ? Elles en valent le double.

— Je n'avais pas le choix…

Jill voulut encore savoir si Louis l'avait aperçue ce soir-là, perchée sur la grille du parc.

— Non, je n'ai vu que mon père, c'était horrible… Les hommes de Boby l'avaient massacré à coups de pied et de poing. J'ai cru qu'il allait mourir.

Elle s'en souvenait parfaitement. Ils avaient vécu la même scène au même moment. Était-ce suffisant pour être connectés ainsi ? Louis était-il une âme sœur ? Allait-il jouer un rôle dans sa vie future ? Ou est-ce que ses rêves prémonitoires n'avaient d'autre raison que de lui permettre d'aider ce garçon ? Jill ne trouvait pas les réponses qu'elle était venue chercher. Il était peut-être trop tôt. Aussi se laissait-elle bercer par le bruit du moteur et par la gentillesse du garçon qu'elle avait en face d'elle, profitant simplement du moment sans rien exiger d'autre.

Au fil de la route qui les menait à Dunkerque, ils partagèrent encore silences, doutes, éclats de rire et quelques tartines trempées dans du lait. Louis avait découpé le pain, et elle avait beurré les toasts. Elle aimait chez lui le respect qu'il lui prodiguait, ne cherchant pas à la diriger, ni à la prendre en charge comme une infirme. Il se contentait de lui poser des questions. Une attention rare et pourtant simple et délicieuse. Ce moment avec lui dans le camping-car des Hollandais fut pour elle comme le présage d'une vie future. Un jour, elle pourrait vivre seule ou avec un homme et réussir à quitter le foyer familial comme les autres. Un jour aussi, sans doute, elle pourrait comme dans ce camping-car cesser d'en vouloir au monde entier. Au fil des kilomètres, ils avaient ainsi dérivé vers leurs avenirs. Il se voyait étudier aux Beaux-Arts et devenir plasticien ; elle rêvait de journalisme radiophonique, mais redoutait une route pleine d'embûches.

— Tu y arriveras, Jill, lui dit Louis. Tu dois juste arrêter de mettre ta vie en danger pour rien. Qu'est-ce que tu faisais perchée sur une grille de parc en pleine nuit ?

— Je me prenais pour Kate Winslet dans *Titanic*, dit-elle en riant, avant de cacher dans ses mains les éclats de joie qu'elle avait toujours honte de laisser s'échapper.

— T'es jolie quand tu ris. Tu ne devrais pas te cacher, lui conseilla Louis en croquant dans sa tartine.

Ensuite, ils s'étaient tus un long moment. Rêvassant l'un et l'autre à ce qu'ils venaient de vivre, et peut-être aussi à leur futur. C'est Louis qui revint vers elle, quelques minutes plus tard.

— Pourquoi est-ce que c'est moi que tu as vu dans tes rêves ? Qu'est-ce que cela signifie ? Qu'on va se marier un jour ?

Elle avait de nouveau éclaté de rire, mais cette fois sans se cacher. Elle avait ri en pleine lumière, face à un garçon qui lui plaisait. C'était agréable finalement de s'abandonner. C'était fou comme elle se sentait belle face à lui.

— Non, non, pitié ! Ne te sens surtout pas redevable de quoi que ce soit… avait-elle répondu, un peu poliment. Et puis, tu as Macha…

Voilà. Le prénom de la fille au parfum de vanille s'était glissé entre eux. Elle avait voulu savoir, vérifier l'intensité de ses sentiments et Louis lui avait répondu sincèrement. Effectivement, c'était du sérieux avec Macha. Une histoire qui durait depuis deux ans. Une passion partagée pour les arts plastiques. Louis parlait d'elle avec tendresse et Jill envia cette fille d'être aimée avec tant de douceur. Elle aurait dû se sentir jalouse, mais elle n'avait rien éprouvé de tel. Juste une pointe de déception. *On croit au père Noël et puis… un jour, il faut accepter la réalité des adultes*, pensa-t-elle, pendant qu'il lui parlait d'une autre.

Finalement, ce n'était pas si grave. On ne pouvait pas exiger de la vie qu'elle soit aussi lisse et limpide qu'un rêve. Il fallait accepter ses détours, ses travers, ses déceptions aussi. C'est ce qu'elle comprit dans le camping-car qui la menait vers Dunkerque.

— Et toi, tu as quelqu'un ? lui avait demandé Louis.

— Non, personne, lui avait-elle répondu tout en pensant à quelqu'un.

Sentant sa déception, il lui avait pris la main. Une main amicale.

— Tu sais quoi ? finit-elle par conclure, perdue dans ses pensées. Je crois que c'est ton père qui m'a demandé de t'aider, Louis.

— Qu'est-ce que tu veux dire ?

— Je n'en sais rien mais, quand il a appelé au secours au parc de Belleville, je n'ai rien pu faire. Je me suis sentie nulle, vraiment handicapée. Ensuite, j'ai vu des images dans mes rêves qui m'ont conduite vers toi. Il y a forcément un lien. Il doit t'aimer plus que tu ne le penses. Inconsciemment il a voulu que je prenne soin de toi…

— C'est joli, ton histoire de transmission de pensées, Jill, mais je n'y crois pas, avait répondu Louis froidement. Mon père n'est qu'un joueur, un égoïste qui a foutu notre vie en l'air à maman et moi.

— C'est ce que tu vois avec tes yeux d'aujourd'hui. C'est une réalité, pas toutes les réalités.

Et Louis n'avait rien ajouté.

À leur arrivée à Dunkerque, ils avaient remercié chaleureusement les propriétaires du camping-car et Jill avait repris le bras de Louis. La ville sentait la mer, les huîtres et le fioul. Ils avaient traversé les rues désertes d'un quartier de bord de plage avant d'atterrir dans une ruelle où résidait la grand-mère de Louis. Jill l'avait attendu à l'extérieur et il avait mis un temps fou à ressortir avec les deux toiles. Pour protéger sa grand-mère et agir sans l'exposer, il était rentré chez elle sans la prévenir, un peu comme un voleur, glissant les deux toiles dans son sac.

Ensuite, ils s'étaient de nouveau mis en route, en quête d'un dernier refuge pour attendre le lever du jour à l'abri du vent.

42

QUAND JILL OUVRIT LA PORTE de la cabane de bord de mer, le vent s'était calmé. Elle sentit la brume matinale l'envelopper de ses doux embruns marins. Ça sentait bon les vacances. Elle ôta ses chaussures et se dirigea en direction du fracas que faisaient les vagues en s'échouant sur la plage. Un va-et-vient sauvage qu'elle adorait entendre. Elle savoura la sensation des grains de sable sous ses pieds nus, tous ces morceaux de roche polis, devenus caresses au fil des millénaires. Il faisait froid, mais Jill se sentait libre. Belle, active, responsable. Elle marcha vers cette mer agitée, sans aucune appréhension.

— Salut, lui lança Louis, venu la rejoindre sans faire de bruit.

Elle sursauta, avant de sourire en sa direction.

— Salut, j'ai cru que t'étais parti.

— Vraiment ? interrogea-t-il en se rapprochant d'elle. T'as vraiment cru que j'allais t'abandonner dans cette cabane avec les deux toiles volées. Tu me prends pour un salaud ou quoi ?

Jill rit sans les mains. Elle rit à gorge déployée face aux rugissements de la mer. Elle remonta son jean jusqu'aux genoux et pénétra dans l'eau. Les vagues venaient lui lécher les vêtements dans un grondement sourd.

— Est-ce que le soleil s'est levé, Louis ? demanda-t-elle, le nez pointé vers l'horizon marin.

— Non, il est encore trop tôt.

— Il fait nuit, alors ?

— Oui, une nuit transparente. La lune luit encore sur la mer.

Elle fit quelques pas de plus vers le large. Les vagues mouillaient son pantalon.

— Tu vas attraper froid, Jill…

Une attention infantilisante qui l'aurait agacée quelques semaines plus tôt, mais qui cette fois lui réchauffa le cœur. Il prenait soin d'elle ; c'était touchant, adorable. Avec lui, elle ne se sentait jamais diminuée et encore moins une enfant.

— Est-ce qu'on deviendra des amis, Louis ? lui demanda-t-elle encore, les yeux face au grand large.

Louis ne répondit pas.

— Est-ce qu'on s'aimera un jour ? Et que c'est pour cette raison que j'ai rêvé de toi ?

Louis ne répondit rien.

— Est-ce qu'on ne se reverra plus jamais après notre retour à Paris ?

Louis avait disparu.

— Louis ? Louis ? répéta-t-elle.

Décidément, ce garçon est aussi fou que moi, pensa-t-elle. *Ça nous fait au moins un point commun, deux si je compte notre goût pour les tartines de beurre trempées dans du lait.* Puis elle l'entendit revenir vers elle en courant ; elle en déduisit qu'il était sans doute allé chercher quelque chose dans la cabane… Elle regretta qu'il n'ait pas entendu ses questions. D'ailleurs à quel moment était-il parti ? Elle aurait bien voulu savoir. Louis lui déposa un casque sur les oreilles. Un casque sans musique. Elle voulut parler, mais il lui mit la main sur la bouche.

— Je te dois un rêve, Jill. Un rêve éveillé.

Elle sentit de nouveau sa main glisser dans la sienne. Il l'invita à quitter l'eau pour rejoindre la plage et effectuer un quart de tour sur la gauche.

— Tout droit, précisa-t-il, tu as quinze kilomètres de plage déserte, sans aucun obstacle au moins sur deux kilomètres, j'ai vérifié avec une lampe torche pendant que tu dormais. Pas de troncs d'arbres, ni d'objets encombrants refoulés par la mer. Rien que des coquillages et quelques morceaux de bois flotté. Ça va aller. Tu ne risques rien. Tu te sens prête à réaliser ton rêve ?

— Prête à quoi ? reprit-elle, surprise, inquiète et ignorant complètement ce qu'il s'apprêtait à lui proposer.

Elle n'eut pas le temps de réagir qu'il enclencha le baladeur MP3 récupéré chez sa grand-mère et inonda ses oreilles du morceau d'Amy Winehouse qu'elle aimait tant et dont elle lui avait parlé dans le camping-car. *Back to black.* Il s'en était souvenu. Oui, c'était un rêve. Un rêve si commun pour les non-voyants. Rêver que l'on court sans craindre la chute. Courir à perdre haleine avec de la musique sur les oreilles. Courir sans avoir à se concentrer sur les bruits alentour. Libérer son esprit, fermer les yeux au reste du monde. Courir en espérant, en hurlant son envie de vivre comme les autres, avec les autres et pour les autres. Oui, c'était un rêve qu'elle faisait souvent de nuit comme de jour, et Louis le lui offrit. Il lui prit la main et l'emporta dans une course folle au petit matin sur une plage du Nord. Il accéléra et elle le suivit. Elle se noya dans les embruns, dans cette voix rauque désespérée et pourtant si divine. Elle foula de ses pieds nus le sable mouillé, imaginant encore ces obstacles invisibles qui peut-être allaient la blesser. Louis accéléra la cadence, alors elle eut peur et son bras se tendit pour l'implorer. Il fallait renoncer. Elle ne pouvait pas, elle n'y arriverait pas, elle avait tant chuté. Mais Louis poursuivit, sourd à ses cris, à ses plaintes, à ses appréhensions. Il enserra sa main encore plus fort et l'entraîna à toute vitesse. Son pied heurta un morceau de bois, elle trébucha, mais il ne stoppa pas.

— Arrête ! Je ne peux pas ! Louis ! Je ne peux pas ! J'ai peur !

La musique l'empêchait d'entendre ce qu'elle disait, hurlait et ce qu'il lui répondait. Il ne lâcha pas sa main et elle fut contrainte de poursuivre, fendant le petit matin avec son corps pétri de souvenirs de chutes, de coups, de blessures. Elle avait envie de pleurer, mais elle n'avait pas d'autre choix que de courir. Alors, elle courut. Et les entraînements intensifs de son père lui revinrent en mémoire. Se calmer. Maîtriser son souffle. Il fallait le faire, y croire, s'accrocher à cette main dans la nuit et cesser de craindre la chute. Alors, elle accepta le défi et accéléra le rythme, sentant le frottement du sable et des morceaux de coquillage lui brûler les pieds. Elle redevint la championne sportive qu'elle était et se lança dans une série de grandes foulées fluides. Elle courait, la main dans celle de Louis, et vint se ranger à sa hauteur. Il fallait croire en lui, en elle, poursuivre coûte que coûte. Profiter de l'instant et tant pis si elle chutait. Elle accéléra encore et sentit la tension de son bras en arrière cette fois. Elle l'avait dépassé. Il était temps de ralentir : Louis ne suivait plus. Ralentir ou poursuivre ? Seule, sans guide. Courir aveugle et sourde aux dangers. Il y en avait forcément. Tant pis, il fallait les accepter. Alors, elle lâcha sa main et poursuivit dans l'inconnu avec pour seul repère cette musique en boucle et l'odeur sauvage d'un bord de mer agitée. Elle courait seule désormais, seule sur cette plage du Nord, devant ce soleil qui n'allait pas tarder à se lever et qu'elle ne pourrait jamais admirer. Mais qui pouvait regarder le soleil sans se brûler les yeux ? Il suffisait de le sentir pour être heureuse. Se laisser inonder de sa lumière, de sa chaleur, de son énergie et dire oui à la vie. Elle courut encore et encore de plus en plus vite, se concentrant sur son rythme respiratoire. Elle était bien. Seule avec cette musique en boucle et son cœur qui lui martelait la poitrine. Elle regardait droit devant elle, se moquant éperdument du regard des autres, même de celui de Louis qu'elle ne recherchait plus. Non, elle ne pouvait pas tout faire comme les autres, elle était différente. Elle était handicapée, mais sa vie comme son identité ne se résumaient pas à son handicap. Il fallait qu'elle arrête de se sentir inférieure, il fallait que la colère cesse. Alors elle courut jusqu'au bout de son souffle, distançant Louis avant de stopper face à cette mer puissante. Elle arrêta la musique et ne perçut rien d'autre que sa respiration haletante sur le ressac.

— MERCI ! MERCI LOUIS !

Elle rit sans cacher son visage, offrant ce rire à la mer déchaînée les bras en croix, le visage au vent comme Kate Winslet dans *Titanic*.

— MERCI LOUIS, MERCI ADA, NINE, ET TOI JOHN ! hurla-t-elle de bon cœur, en shootant dans les vagues.

Elle pensa à ses parents, à sa sœur, à ses professeurs, à ses médecins, à cette incroyable chaîne humaine qui depuis ses sept ans s'était mise en place pour lui permettre d'avancer le plus normalement du monde. Elle les remercia tous en pensées, puis quand elle eut repris suffisamment son souffle, elle effectua un demi-tour et rebroussa chemin.

Il était temps de rentrer. Temps de retrouver les siens. Le train pour Paris partait à 7 h 15. Il fallait rejoindre Louis. Elle courut plus calmement, en petites foulées, sans musique. Il l'attendait et vint à sa rencontre en criant son prénom. Elle remonta la plage dans sa direction.

— Merci Louis, dit-elle en s'avançant jusqu'à sentir son haleine.

Il lui prit la main, les épaules. Ils s'enlacèrent et elle fit taire son essoufflement au creux de son cou.

— Est-ce qu'il fait jour maintenant ?

— Oui, Jill. C'est un lever de soleil magnifique. Tu es belle toi aussi, et un jour je te sculpterai pour que tu puisses toucher ton visage rayonnant.

Il lui fit cette promesse et elle ne put retenir un baiser. Un élan de tendresse vers lui. Un timide et sincère baiser sur sa joue. Il fit de même en retour. Elle avait osé, il ne l'avait pas repoussée. Ce n'était pas une grande romance, un conte de fées, ni une comédie sentimentale à l'eau de rose, mais leur histoire avait quand même de l'allure. C'est ce que pensa Jill quand elle sentit le baiser de Louis sur sa joue. *Il n'est pas amoureux de moi et en aime une autre, mais il tient à moi quand même. Et désormais je ferai partie de ses souvenirs. Notre histoire est jolie, même si elle ne ressemble pas à ce dont j'avais rêvé.*

Ils se sentaient proches, complices et peu importait le nom du sentiment qu'ils avaient éprouvé devant le lever de soleil.

Ils repartirent main dans la main, à la même hauteur, ne sachant plus très bien lequel des deux guidait réellement l'autre.

43

À UN DÉTAIL PRÈS, tout se déroula exactement comme Jill l'avait prévu. Ils prirent le train de 7 h 15, dormirent tout le long du trajet, le visage enfoui dans leur manteau. Ils arrivèrent en gare du Nord le dimanche matin vers 9 heures et se faufilèrent discrètement dans le métro pour rejoindre le 19e arrondissement. Ensuite, ils se pointèrent au lycée de Louis. Jill le laissa agir seul. Une fois de plus, elle préféra l'attendre à l'extérieur pour ne pas le ralentir. Comme prévu, Louis se glissa discrètement dans la cour pour rejoindre l'atelier d'arts plastiques, afin d'y déposer les toiles dans une grande pochette à dessin. Une blague estudiantine. C'était bien à cela qu'ils comptaient faire croire. Des lycéens avaient dérobé les toiles et les avaient remises à leur place plusieurs semaines plus tard. Pas d'empreintes. Pas de preuves. Juste une disparition et une soudaine réapparition. Pas de coupable non plus. Un plan parfait concocté par le cerveau analytique de Jill. L'inspecteur Brun n'y verrait que du feu. C'est ce qu'elle pensait, en attendant Louis à quelques mètres du lycée. Elle ne pouvait pas deviner que celui qu'elle avait un peu sous-estimé était justement en train de l'observer de l'autre côté de la rue.

Brun avait deviné son intention depuis pas mal de temps, pourtant il avait laissé faire. Ils avaient roulé tranquillement jusqu'à Dunkerque, flâné au gré des rues à la recherche des adolescents, et finalement il avait proposé à son acolyte épuisé de piquer un petit roupillon face à la mer. Pendant ce temps, il avait rejoint la gare. D'après son instinct de flic, les deux jeunes devaient monter dans le premier train pour Paris, filer vers le lycée, remettre les toiles à leur place et rentrer chez eux comme des fleurs. Il ne s'était pas trompé. Il les avait aperçus sur le coup des 7 heures pénétrer dans le hall de la gare de Dunkerque, main dans la main. Les gosses avaient acheté leur billet, sans doute avec de l'argent dérobé à la grand-mère, puis ils étaient montés en voiture 17. Brun les avait suivis à distance jusqu'à Paris, puis jusqu'au lycée. Il se sentait attendri. Vieux peut-être. Trop vieux pour aimer ? Pour oser reconstruire une histoire avec la mère du jeune garçon ? Il en avait envie. Bien sûr, il avait hésité. Il était flic, après tout, et son devoir était d'offrir à la justice les preuves qu'il avait obtenues lors de ses enquêtes. Mais, en observant Jill faire le pied de grue devant le lycée, il ne put que s'incliner. Cette gosse était une sacrée battante !

— Bonjour, mademoiselle Le Bellec, lui dit-il, en lui serrant la main.

Jill eut un sursaut de recul. Il la retint par le poignet.

— Pas de panique, je suis seul. Ravi de vous retrouver, ça fait quand même plus de douze heures que je vous cours après entre Paris, Bruxelles et Dunkerque.

Elle ne pipa mot. Déçue de se faire pincer si près du but. Elle reconnut son parfum sucré, sa poignée de main flasque : elle le détestait.

— J'avoue que votre plan est ingénieux, poursuivit-il. Les toiles seront retrouvées en état, le Fonds régional d'art contemporain devrait retirer sa plainte et on ne saura jamais quelle bande stupide de lycéens aura joué cette farce. Excellent !

— Louis voulait juste aider son père… se défendit-elle, les sourcils froncés.

— Je sais. Et vous ? Que vouliez-vous prouver en fuguant vers lui ?

Elle baissa la tête et sentit son corps bouger malgré elle comme chaque fois qu'elle se sentait mal à l'aise. Elle ne répondit pas. Anéantie à l'idée d'imaginer la vie de Louis gâchée à cause d'un flic scrupuleux.

— Il a du talent, dit-elle. Sans doute plus que ce Maberger.

— Ça ne lui offre pas l'impunité, mademoiselle.

— Je vous en supplie. Ne l'arrêtez pas. C'est quelqu'un de bien.

Pour toute réponse, Brun déposa un objet entre ses mains. Elle fit glisser ses index sur le papier et reconnut son carnet de rêves.

— Vous pourriez encore en avoir besoin.

Sans comprendre, elle s'apprêtait à lui demander des explications quand l'inspecteur lui tendit un billet.

— Je vous prête 20 euros pour prendre le taxi. Rentrez chez vous, Jill. Et tenez-moi au courant si vos rêves vous embarquent sur une autre affaire. On va peut-être finir par bosser ensemble. Vous feriez un très bon flic… Ah, au fait, pour votre information, précisa-t-il encore, tout est rentré dans l'ordre, comme vous le souhaitiez. Jacky du Nord s'est fait pincer et les toiles seront retrouvées intactes dans le lycée.

Elle l'entendit s'éloigner. C'était improbable : Brun fermait les yeux sur le vol. Il les laissait partir avec de l'argent pour se payer le taxi. Elle ne comprenait pas et son esprit cartésien reprit le dessus. Elle voulait savoir.

— Inspecteur ! cria-t-elle en sa direction.

Il revint vers elle.

— Autre chose ? demanda-t-il.

— Pourquoi faites-vous ça ? Je ne comprends pas.

— Vous n'aimez pas le mystère, ça nous fait au moins un point commun, répondit-il d'une voix douce.

Jill comprit à ce moment qu'elle s'était trompée sur ce type. Il était plus intelligent qu'elle ne le pensait et sans doute plus humain aussi.

— Pour la même raison que vous, Jill. Moi aussi je recherche l'amour. L'avez-vous trouvé ?

Elle hésita.

— Oui, malgré tout, je crois que oui, répondit-elle sincèrement.

Brun lui conseilla de ne parler à personne de leur entretien, même pas à Louis. Il allait s'arranger. Il dirait avoir reçu un coup de fil anonyme et, dans quelques heures, les toiles seraient retrouvées dans le lycée. Jill lui précisa : “Dans l’atelier d’arts plastiques, derrière l’armoire à peintures.” Il la remercia de sa franchise et lui offrit de nouveau cette poignée de main un peu molle. Elle comprit qu’elle avait devant elle un homme fatigué, usé par le poids des enquêtes et des nuits sans sommeil. Elle s’en voulut de l’avoir jugé trop vite. Ils se quittèrent ainsi, devant le lycée et elle lui offrit un sourire. Elle avait compris. Si Brun protégeait Louis, c’est parce qu’il avait besoin de sa liberté pour gagner le cœur de celle qu’il aimait. Elle eut envie de le rassurer, de l’encourager.

— Je crois que la mère de Louis sera heureuse de savoir que son fils n’est pas un voleur, mais que grâce à lui et à vous, les vrais trafiquants se sont fait arrêter. Vous devriez aller lui raconter tout cela…

— Vous avez un avantage sur moi, ma chère, vous ne vous brûlez pas les yeux en regardant le soleil. C’est sans doute pour cela que vous décelez ce qui se cache derrière. Bonne route, mademoiselle Le Bellec.

L’inspecteur Brun la laissa seule sur le trottoir. Elle savait désormais que plus rien ne l’empêchait de retrouver les siens. Louis ne tarda pas à venir la rejoindre en courant : il avait réussi.

— RAS, lui dit-il, en lui prenant la main. Et toi ?

— RAS.

Cette fois, il était temps de rentrer chez eux.

44

OK. Tu peux le faire ! Fais-toi confiance, tu es une battante ! se dit Jill, les mains plaquées sur les portes visqueuses du métro.

Il était 8 h 45, son cœur agonisait au sommet du pic de fréquentation. Ça poussait derrière, devant, sur le côté. Ça sentait l'eau de toilette bon marché, la friture rance et les haleines mal rafraîchies. Jill Le Bellec respirait avec les autres, elle était comme eux, une passagère des matins sans vacances. Une fille de seize ans qui fait la gueule en allant au lycée. C'est ce qu'elle désirait le plus au monde. Pas faire la gueule, bien sûr, mais se fondre dans la masse et avancer comme les autres, coiffées, apprêtées avec de jolies boucles d'oreilles et une touche de parfum dans les cheveux.

— Bien sûr que tu peux le faire, lui dit Ada quelques minutes plus tard, qui comme d'habitude l'attendait à la sortie du métro.

— Je suis comment ?

— Belle, toujours aussi chiante, mais belle et amoureuse. Ça va aller. La photo est hyper réussie, on dirait une couverture de magazine !

Elle rangea son portable, lui prit son bras et l'emporta vers l'Institut.

Depuis son retour, Jill avait cessé de rêver en images. Finalement, elle préférait. Elle avait repris le chemin des cours, la piscine du samedi matin, ainsi que le shopping avec Ada entre midi et deux. Son amie lui avait finalement pardonné, en enfouissant son nez sur son épaule comme un petit chat. Il faisait beau. Elle sentait le soleil retenir sa chaleur dans le petit matin de printemps. Ses jambes étaient nues pour la première fois de l'année. Nues et perchées sur des talons. Elle se sentait jolie. Inquiète, folle de trac, mais jolie.

— Tu crois que je ne devrais pas encore attendre un peu ? s'enquit-elle auprès d'Ada qui marchait d'un pas vif.

— T'es vraiment une championne dans les études, mais en ce qui concerne l'amour, t'es naze ! lui répondit sa copine en poussant la porte de l'Institut.

— Et si… Enfin, je veux dire. Si…

— Non ! hurla Ada. C'est aujourd'hui. Tu lui as fixé un rendez-vous, il est trop tard pour reculer.

Dans le hall d'honneur du bâtiment, les deux filles croisèrent les talons dynamiques de leur professeur de lettres, qui cette fois félicita Jill pour son devoir.

— 18 au bac blanc de français ! Cela laisse présager une mention, Jill. Je suis contente que tu te sois remise au travail.

— Merci, madame Lenard ! répondit-elle dans un large sourire. C'est que je dois assurer pour rentrer dans une prépa littéraire !

Jill ne s'était pas sentie aussi libre et enjouée depuis longtemps. Elle croquait la vie avec un appétit d'ogre. Elle ne travaillait plus contre les autres, ni pour se punir de ne pas être comme les autres, mais pour elle, pour son avenir, pour vivre à la hauteur de ses ambitions. Bien sûr, elle n'avait pas pu tout expliquer à ses parents, bien sûr, elle leur avait menti, pour préserver Louis et valider la version officielle de l'inspecteur Brun sur le déroulé de l'affaire, mais elle n'en ressentait aucune culpabilité. Elle était légère, délestée de ses angoisses existentielles. Pourtant, en avançant vers les salles de cours, au bras de sa meilleure amie, elle avait le ventre noué. C'était la première fois qu'elle osait donner un rendez-vous à un garçon. À midi pile, devant la station de métro. Il lui restait trois heures à patienter. Trois heures à tuer le temps avant de se confronter à une nouvelle réalité. Elle allait avouer son sentiment. Tant pis s'il était trop tard, tant pis s'il ne voulait pas l'entendre ; il fallait lui dire. Ce voyage en solitaire lui avait au moins servi à cela : cesser de rêvasser à un bonheur parfait, en attendant que la destinée prenne les choses en mains. Ada avait raison, il fallait se lancer. Quitte à se tromper ou à se prendre un râteau. Elle ne lui avait plus reparlé depuis Bruxelles. Elle avait peur. Les choses avaient peut-être évolué ou peut-être pas.

— Jill, que veux-tu faire aujourd'hui ? s'enquit son instructrice en Atelier de vie journalière.

— Un cours de maquillage ?

— Je croyais que cela ne t'intéressait pas, lui répondit Mme Bruno.

— Il n'y a que les imbéciles qui ne changent pas d'avis.

Elle se voulait belle pour lui, même si elle savait qu'il la trouvait jolie. Alors, elle reproduisit avec minutie les gestes que son professeur lui avait appris. D'abord la base, puis un léger fond de teint. Ensuite un peu de poudre, qu'on estompe avec un mouchoir en papier pour éviter les traces. Ensuite, elle apposa un mascara, sans avoir peur du pinceau en direction des yeux. Un peu de blush sur les joues, là où on sent les os du visage, en effectuant un petit geste vers le haut pour souligner le rose tel un sourire sur les pommettes. Enfin, elle appliqua un léger gloss orangé au goût d'agrumes. Résultat ?

— Impeccable, Jill. Je n'aurais pas mieux fait, admit son professeur.

Elle dut encore prendre un cours d'anglais, puis un cours de solfège avant de pouvoir dévaler les escaliers du lycée et rejoindre Ada. Elle reconnut le saut de La Puce en contrebas, qui comme d'habitude esquivait les deux dernières marches.

— Nine !

— Ouaou ! répondit La Puce en l'apercevant. Tu es hyper belle avec ce maquillage. T'as un rencard ou quoi ?

— Peut-être… T'as vu Ada ?

— Non.

— Et John ?

— Non plus, répondit La Puce. Tu sais bien qu'il est en stage depuis quinze jours. Je le connais, l'heureux élu ?

— Un peu… oui quand même.

— Ne dis rien à cette fille ! ordonna Ada venue les rejoindre dans le couloir principal qui menait à la sortie. Autrement, tout l'Institut sera au courant.

— De toute façon, je finirai par le savoir… dit La Puce en s'éloignant vers le CDI.

Ada emporta son amie vers la sortie pour lui prodiguer quelques derniers conseils.

— Tu te détends !

— Impossible, admit Jill qui tremblait sur ses talons de six centimètres.

— Bon, regarde-moi ! Inspire en gonflant ton ventre, retiens trois temps et expire en rentrant ton ventre. C'est une méthode de relaxation que j'ai apprise hier en stage.

Jill se laissa guider par la technique antistress de son amie et réussit à retrouver assez d'énergie pour se diriger vers la sortie. C'est là, à quelques mètres, que l'attendait son rendez-vous. Elle déplia sa canne et embrassa Ada. Cette fois, ce fut elle qui glissa son nez dans ses cheveux, comme un petit chat.

— Ça va aller, tu verras, lui dit son amie en l'invitant d'un geste à partir à la rencontre de celui qu'elle aimait.

Jill balaya l'espace et avança droit devant elle. Il était temps de lui dire la vérité. Temps de lui révéler ce qu'elle avait découvert à Dunkerque. Ses rêves l'avaient conduite vers lui. Un sacré détour, mais parfois la vie nous fait voyager loin, uniquement pour nous permettre de mieux apprécier la beauté toute proche qui nous entoure. Elle poussa la porte de sortie de l'Institut et se dirigea sur la droite, juste devant la station de métro.

— Jill ! je suis là, entendit-elle.

Elle s'avança vers lui, encore et encore, ralentissant le pas au fil de sa progression. Elle s'avança de plus en plus près, jusqu'à sa bouche qu'il ne lui refusa pas.

Elle était arrivée dans ses bras. Elle le voyait, enfin.

REMERCIEMENTS

Je remercie Mme Françoise Sabotier-Grenon, la directrice de l'Institut national des jeunes aveugles de Paris, de m'avoir accueillie quinze jours dans son établissement, ainsi que les professeurs qui ont eu la gentillesse de me permettre d'assister à leur cours ou de répondre à mes questions. Je remercie de tout cœur le professeur de lettres Stéphanie Chanard qui m'a ouvert les portes d'une de ses classes et beaucoup plus que cela. Ce roman lui doit beaucoup. Je salue particulièrement Yves Felix, Zoubeïda Moufli, Myriem Dogan, Monique Cierco, Geneviève Barnagaud, Laurent Vincent et le personnel de cantine qui m'ont accordé de leur temps précieux. Je remercie les élèves de l'INJA qui m'ont permis de partager quelques jours avec eux, je pense à Bidjad Dahmani, Omar Marecar, Majda Zouggar, Chakib Errajouani, Tony Martins, Claire Haen, Thomas Vendrame, Lucille Faivre, Léa Guillard, Anaïs Le Dreau, Mohamed Diche, mais aussi à Alice Pery, Tracy-Héléna Kindombe et à tous ceux que j'ai croisés au détour d'un des longs couloirs de l'établissement et qui ont su me guider dans mes recherches. Merci à vous tous, sans vous, je n'aurais pas pu écrire ce roman. Enfin, je chéris mon fils Victor et mon mari Pascal, mes deux premiers lecteurs attentifs depuis le début de mes aventures romanesques.

Cette histoire est une fiction. Je tiens à noter qu'en ce sens, elle ne reflète pas la réelle organisation interne du fonctionnement de l'INJA.

L'AUTEUR

D'abord journaliste et rédactrice pour la communication et le cinéma, Jo Witek écrit pour la jeunesse depuis 2009. Des romans au Seuil Jeunesse – *En un tour de main*, *Récit intégral (ou presque) d'une coupe de cheveux ratée* –, chez Talents Hauts – *Mauvaise connexion* –, mais aussi des documentaires et albums à La Martinière Jeunesse, dont *Le Ventre de maman*. Chez Actes Sud Junior, elle est l'auteur de deux thrillers, *Peur express* et *Un hiver en enfer*, ainsi que d'un "Roman ado", *Un jour j'irai chercher mon prince en skate*, et d'un "Roman benjamin", *Ma vie en chantier*. Elle réside aujourd'hui dans une petite ville languedocienne et partage son temps entre l'écriture et les rencontres et ateliers avec les adolescents francophones.

Achevé d'imprimer
en juin 2014
par l'Imprimerie Présence Graphique à Monts
pour le compte des éditions
ACTES SUD
Le Méjan
Place Nina-Berberova
13200 Arles.

Dépôt légal
1re édition : janvier 2013
N° impr. : 061448691
(Imprimé en France)